セドリック
ウォルフォード公爵令息。
フィオナともっと愛を深めたくて、
新婚旅行を計画する。
「では、愛しい人。
波打ち際まであなたを
案内させてもらっても？」

フィオナ
レリング伯爵令嬢。
セドリックと結婚して
初めて愛される喜びを知る。
そう言い、再び指先に口づける。
紳士的な誘いではあるが、
その視線にぞくりとするような色気を感じ、
フィオナの体温が上がる。

サウロ
クラウディオの下僕
「——主！」
「待て、サウロ……っ」
「そのフィオナって子、僕がもらうよ」
クラウディオ
ナバラル王国第一王子
カリスト
ナバラル王国第二王子

離縁予定の捨てられ令嬢ですが、なぜか次期公爵様の溺愛が始まりました 2

浅岸久

illust.
旭炬

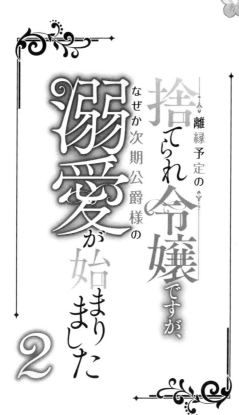

目次

プロローグ……4
第一章　新婚旅行に行きましょう！……6
第二章　海辺の出会い……27
第三章　もしかしたら天敵かもしれない……47
第四章　新婚旅行のはずだったのに……77

第五章　はぐれ魔法使い……126
幕間　遠くから見ているだけじゃ物足りない……200
第六章　好きな人は、あなただけ……210
エピローグ……260
あとがき……268

プロローグ

「どうだ、フィオナ？　あんなつまらぬ男はやめて、私と結婚し直す気はないか？」

なにを言われているのかわからなかった。

ギュッと掴《つか》まれた手は力強く、振りほどくことができない。

フィオナは戦慄した。だって、こんなはずではなかった。わなわなと唇を震わせながら、首を横に振る。

ただ、自分はセドリックと一緒に隣国まで新婚旅行に来ただけなのだ。愛する夫とゆっくり蜜月を過ごす。それだけが望みだったのに、どうしてこんなことになってしまったのだろう。

夕日が沈む海のような、深い橙《だいだい》から蒼《あお》へ移り変わるグラデーション。不思議な色彩の瞳に射抜かれ、息を呑《の》む。

自分はずっと、おもちゃのような存在なのだと思っていた。

目の前の人物、ナバラル王国第一王子クラウディオ・シェロ・エメ・ナバラルにとって、きっと。

柔和な微笑みを湛《たた》えているが、彼がなにを考えているのかちっともわからない。フィオナのことなど全部お見通しだというように、不敵に笑っている。

詰め襟の白いロングコートが揺れた。スリットの入ったそれは、長身の彼のスタイルを際立たせている。まさに貴公子といった美貌だが、どこか肩の力が抜けており、気怠《けだる》そうだ。

胸あたりまであるクリーム色がかった銀髪は寝乱れており、その緩さまでもが彼の色気になっている。ただ、彼の瞳には、今までになかった真剣さが滲《にじ》み出ていた。

(まさか本気なの……?)

キュッと心臓が痛んで、フィオナは身を縮こまらせた。

どうにか彼から離れようと試みるも、ビクともしない。いくら体調を崩しているといっても、彼は大人の男性なのだ。

(嘘《うそ》でしょう⁉　嘘だと言ってください、殿下……!)

今日まで、このクラウディオの屋敷の居間で、三人で談笑してきたではないか。

彼がそこに置いてある籐《とう》で編まれたソファーに寝そべり、フィオナたちの話を聞く。気怠げな様子ながらも、柔和に笑っていたはずなのに。

皮肉屋だが、なんだかんだ面倒見のいいクラウディオは、いつもセドリックを怒らせて遊んでいる節はあった。

けれども、今は違う。彼が告げた言葉は、おそらく冗談などではない。

「なにを馬鹿なことを言っているのですか、クラウディオ殿下っ!」

セドリックが慌てて駆け寄ってきて、クラウディオとの間に立つ。力任せに引き剥がし、バッと拳を振りかぶった。

背筋が凍りつきそうな心地がした。

だって、この日、この瞬間。

今まで時間をかけて築き上げてきたものが、音を立てて崩れようとしていたのだから。

第一章　新婚旅行に行きましょう！

居間から弾むような声が聞こえ、フィオナは微笑んだ。

すっかり秋が深まり、気温が落ち着いてきたこの季節。それでも昼間は暖かく、このウォルフォード家のタウンハウスにもいっぱいの陽差しが差し込んでくる。ぽかぽかとした過ごしやすい陽気の中、フィオナは足どり軽く、明るい声の聞こえる居間へと向かっていた。

秋のはじめに、フィオナは二十歳になった。年相応に落ち着きたいところだが、口もとが緩んで仕方がない。

キャラメルのような甘い色をした髪が揺れる。フィオナは若草色の瞳をキラキラと輝かせながら、ここ最近見られるようになったこの家の変化に心を弾ませていた。

「――から、――――でしょ？」

「だからライナス――そういちいち――」

居間から聞こえてくる声はふたつ。

相手をからかうような若い声と、なにかを言い淀《よど》む深い声。言い争っているような雰囲気があるけれども、兄弟同士のじゃれ合いであることをフィオナはよく知っている。

（ふふ、セドリックさま、今日も楽しそう）

深い声の持ち主こそ、フィオナの夫であるセドリックだ。フィオナに対しては表情豊かだが、それ以外の相手には基本的にクールだ。普段もさほど口数は多くない。弟であるライナスにすっかり言い負かされている様子だが、そこに剣呑《けんのん》とした空気はない。むしろ、ふたりの打ち解けた空気感が伝わってきて、フィオナの表情は自然と綻んだ。

ティーセットを手にしたまま、フィオナはひょっこりと顔を出す。そこには向かい合わせのソファーに座り、雑談に興じている兄弟の姿があった。

「って、兄さん。まさかとは思うけど、もしかしてまだ義姉《ねえ》さんに――」

「っ、おい！　待て！」

フィオナの存在に気が付いたセドリックが慌てて会話を止める。フィオナに聞かせたくない話題だったのだろうか。さっと耳まで真っ赤に染めたセドリックを前に、フィオナはぱちぱちと瞬いた。

ソファーで寛《くつろ》ぐ兄弟は、顔の造形こそ似ているが、雰囲気がまるで違う。

フィオナと目が合うなり、気恥ずかしそうに目を逸《そ》らしたのがセドリックだ。フィオナの夫で、二十四歳。このウォルフォード家の次期公爵とされている。

彼は宵闇色の艶やかな髪に菫《すみれ》色の切れ長の瞳を持った美貌の男性だった。こうして顔を背けていても、その整った横顔につい見とれてしまう。

すっと通った鼻筋に薄い唇。一見冷たい印象の見た目のせいか、あるいは合理的な性格のせいか、彼のことを冷酷だと称する人も少なくはない。

けれども、こうしてフィオナやライナスと一緒の時は、普段のクールな印象もなりを潜める。どこか肩の力が抜けた様子で、あどけない表情を見せたり甘えたりしてくれるようになった。

ただ、今の彼は少しだけ気まずそうだ。

「………聞いていたのか」

とても声が小さい。というか、尻すぼみである。

「お邪魔してしまったでしょうか」

ふたりの会話に交じりたくて急いでしまったけれど、もう少しばかり兄弟だけの時間があった方がよかったのかと思う。間が悪かったとフィオナが肩を落としていると、セドリックは慌てて首を横に振った。

「いや！　そういうわけではなくて！　聞いていなければいいんだ」

「えっと、おふたりの楽しげな様子は伝わってきましたけれど、内容までは」

「そうか」

フィオナの返事に、セドリックはあからさまにホッとしている。ようやく表情を緩めて、その場から立ち上がり、フィオナを迎えてくれた。

「すまない。多少気恥ずかしかっただけだ。茶を用意してきてくれたのだな」

などと言いながら、当たり前のことのようにフィオナの手からティーセットを受け取る。それらをさっとローテーブルに置いてから、フィオナの腰を抱いて自分の隣に誘った。ソファーに腰かけてからも、彼はフィオナの腰を抱いたままだ。

「うーわ、兄さん。そこまででろ甘なのに。嘘でしょ」

「うるさい」

ライナスのからかう声を聞き、セドリックはぴしゃりと言い放つ。けれどもフィオナを絶対離さないあたり、彼は徹底している。ライナスの言う『でろ甘』という言葉を実感し、フィオナの頬も桃色に染まった。

「まったく、この新婚夫婦は。あー、ほんと普段寮生活にしてよかったよ！」

結婚してからあと数カ月で一年となる。本来ならば、そろそろ関係性が落ち着いてくる時期のはずだ。ただ、セドリックと本当の意味で心が通じ合ってからはまだ三カ月程度である。そのため、ふたりの間に漂う空気はいまだに初々しいものだった。

夫婦であるはずなのに、どこか付き合いはじめの恋人のようなままだ。そのせいか、使用人たちに温かい目で見守られているのはわかっている。

フィオナ付きの侍女であるロビンなどは『いつまで経《た》っても初々しくていらっしゃって』と苦笑いするほどだ。おそらく他の夫婦とは異なり、とてもゆっくりとした歩みなのだろう。

正直、彼とはまだまだ関係性を築いている最中なのである。だから、いまだにこうして腰を抱かれているだけで心臓がバクバク暴れて落ち着かない。

「いちゃいちゃしすぎで見ていて恥ずかしいっていうか。兄さんのこんな姿を見せられる身内の気持ちにもなってよ」

なんて肩を竦《すく》めながらも、ライナスは楽しそうに笑っている。

ライナスはセドリックと同じく、深い夜色の髪に菫色の瞳を持った青年だ。印象的には少年から青年への過渡期とでも言おうか。十六歳という年齢よりも少し幼い印象がある。

とはいえ、一カ月前と比べてさらに成長したようだ。すでに身長もフィオナと同じか、やや高いのではないだろうか。もともとの顔立ちがセドリックよりも柔らかい印象で、どこか中性的なため、より若く見えるのかもしれない。ただ、確実に大人の男性へ成長しようとする兆しがある。

かつて、セドリックの魔力暴走の弊害で、その成長を阻害されていたライナスは、ここ数カ月で驚くほど体が大きくなった。フィオナの特別な刺繍《ししゅう》の効果で、今までの分を取り戻すかのようにぐんぐんと身長が伸びたらしい。

あと数カ月もすれば年相応の体つきになるだろう。同じ年齢の子たちと遜色なくなった彼は、この秋から晴れて王立高等学校へと通っている。念願の騎士になるために、騎士コースに編入を果たしたのだ。

今は学校の寮に入って、毎日しっかりと学んでいるようだ。そして休みになるたびに、このタウンハウスに顔を出してくれていた。

もう何年も、この兄弟はまともに顔を合わせることすらできていなかった。その時間を取り戻すかのごとく、和気あいあいとじゃれ合っているのである。

とても喜ばしくて微笑ましい光景であるけれども、今日は少しだけ合流するのが早かったようだ。セドリックは気にするなと言ってくれたが、気にならないはずがない。

兄弟水入らずの邪魔をしてしまったのが申し訳ない。フィオナは気落ちするのを隠すために、いそいそとお茶をカップに注ぐことにした。

「兄さんってば、相変わらず義姉さんが淹《い》れたお茶しか口にしないの？」

「別にフィオナの茶だけというわけでは。――その、彼女の淹れてくれるものが特別うまいのは事実だが」

「あーハイハイ。ご馳走《ちそう》さまー」

自分から話題を振っておきながら、ライナスは半笑いになっている。そうしてフィオナからティーカップを受け取ると、くぴっとひと口飲んだ。

「もう、味がわからないってこともないんでしょ？」

「む。まあ――そう、だが」

ライナスの言葉に、セドリックは口を噤《つぐ》む。

かつて、セドリックがライナスの成長を阻害したことを悔いているように、ライナスはライナスで、セドリックが長年魔力を封印してきたことを気にかけているようだ。

セドリックは十年もの間、自身の魔力を封印する特別な指輪をはめ続けてきた。体内に渦巻く莫大な魔力を、二度と暴走させないようにするために。その副作用により、彼は味覚や触覚などの感覚が鈍くなる他、まともな睡眠も取れない体になっていたのだ。

もちろん、今は改善した。フィオナが持つ特殊な魔力によって症状ははっきりと緩和したし、そもそも封印の指輪も壊れてしまった。だから彼は、人間としての当たり前の感覚を取り戻していた。

もう魔力を封印するつもりもないらしく、セドリックの指には新しい指輪が輝いている。フィオナの瞳の色をした結婚指輪だ。フィオナのものにはセドリックの瞳と同じ菫色の石がはめられており、対になっているのだ。

いい思い出も、苦い思い出も両方が詰まっているからこそ、フィオナはこれらの指輪を宝物のように思っていた。

ただ、それらの思い出がどれほど大切になっても、セドリックが約十年間も食事も睡眠も楽しめないまま生きてきたという事実は変わらない。

ライナスが休みのたびにこのタウンハウスに顔を出すのは、セドリックが穏やかに暮らしているのか確認する意味もあるのだろう。――どちらかと言うと、長らく会えなかった親愛なる兄にちょっかいをかけに来ている要素の方が大きそうだが。

「それもこれも全部、義姉さんのおかげって？　兄さん、義姉さんに感謝しなきゃだね」

「お前に言われずとも」

セドリックは口を尖《とが》らせた。

普段は主である王太子に対しても一歩も退かないほど弁が立つ彼だが、弟の前では形なしだ。耳まで真っ赤にしつつも、反論できないでいる。

「義姉さんも、あれからどう？　勉強は進んでる？」

ふと話を振られて、フィオナは瞬いた。

セドリックを癒やしたフィオナの魔力、それはこの国で――いや、今はこの世界でも唯一かもしれない特別なものだった。

自覚なく生きてきたけれど、フィオナはどうもこの時代でたったひとりだけの女魔法使いなのだという。そしてたまたま生まれ持ったフィオナの魔力の性質が、人を癒やすというものだそうだ。

「そうね。まだ魔力の引き出し方や、体への廻《めぐ》らせ方を覚えている最中だけど、なんだかわくわくしているの」

フィオナは微笑んだ。

「あまりおおっぴらにできる力ではないけれど、もっとあなたの役に立てると嬉《うれ》しいわ」

ライナスはいまだ成長過程にある。彼はすでに、フィオナにとってもとても大切な義弟だ。そんな彼のためにできることがあるのはとてもうれしい。だからフィオナは、人を癒やす力を授かったことを少なからず誇りに思うようになった。

（アランさまは、正確には『人の魔力の流れを正しく整えたり、浄化したりする能力』って仰っていたけれど）

専門的なことはフィオナもよくわかっていない。魔法はまだまだ初心者だ。

実は、セドリックの友人でこの国でも有数の魔法使いであるアランに、最近手ほどきのようなものをしてもらえるようになったのだ。

フィオナは世界魔法師協会や、この国の魔法省に属しているわけではない。そもそも、それらの魔法機関に対しても魔法使いであることを隠せと言われている。女魔法使いという存在があまりに稀少《きしょう》すぎて、どういう扱いになるかさっぱりわからないからだ。

普段目にする魔法使いが自由奔放なアランだから勘違いしそうになるが、魔法使いには実は制約が多い。

アラン曰く、魔力自体は人が生きるために必要なものであり、どんな人間でもごく微量の魔力を持ちあわせているものだそうな。ただ、それがいわゆる魔法として、なんらかの効力を発揮することができる人間はほとんどいない。そういった稀有《けう》な魔力量を保有した人間のことを、魔法使いと定めている。

おおよそ魔法使いとしての才能は成長期に目覚めることが多く、発見され次第、必ず魔法省に登録される。

リンディスタ王国では魔法使いの力を大きく認めていて、階級にもよるが、上位の三輝《さんき》や七芒《しちぼう》ともなれば、たとえ平民だとしても上級貴族と同等の権力が与えられるのだ。

だからこそ、制約がある。

まず、リンディスタ王国の魔法省に所属する魔法使いは、もれなく世界魔法師協会『叡智の樹《ティ・ヴィスクナ》』の管理下に置かれることとなる。魔法という力があまりに大きすぎて、なんらかのルールで縛る必要性があるというのが、世界中の共通見解なのだ。

魔法使いたちが守るべき制約のことを『叡樹の誓い《アス・ヴィスティナ》』と呼ぶ。その内容は詳しく教えてもらうことはできなかったが、使用可能な魔法の規模や、政治利用に関する条件、対人で魔法を使用する際の細かい取り決めなどが定められているらしい。

ちなみにアランは『常識の範囲内で使えば問題ないんだよ』と言っていたが、彼の言う常識をあてにしていいのかどうかは、悩みどころである。

そういうわけで、組織に所属し、叡樹の誓いで縛られない限りは、術式と呼ばれる魔法の使い方を身に付けることなどできない。すべての術式は、魔法使いたちの間で口伝となっているためである。組織に所属しない人間に教えることなどないのだ。

しかし、女魔法使いであるフィオナが、それらの組織に所属するわけにはいかない。

女魔法使いに子ができると、その子にも確実に母体と同等の魔法の才能を継承できると言われている。歴史上、フィオナの前の女魔法使いは、もう二百年以上遡らないと存在しないらしいから、本当なのかどうかすらわからないが。

ただ、その性質上、存在がバレたら確実に他の魔法使いたちに狙われる。魔法使いの権力はフィオナが考えている以上に大きく、場合によってはセドリックと引き離されるような事態になるかもしれない。セドリックは次期公爵で確かな身分を持った男性ではあるが、それでもどうなるか、誰にも予測がつかない。

だからこそ、セドリックやライナス、アランなどの一部の人間以外には、絶対に女魔法使いであることがバレてはいけない。そう、セドリックやアランに口酸っぱく言われているのだ。

（アランさまの訓練も、本当に基礎の基礎だけだもの）

魔力が暴走しないように制御をするだけだ。そもそも、魔法省に所属していないのだから、アランも術式等を教えるわけにはいかないのだという。

そういうわけで、フィオナは自分が持って生まれた魔力の性質を活かす以上のことはできない。

（これで十分だけどね。誰かを癒やすことができる力で、本当によかった）

ちなみに、こういうフィオナのような隠れ魔法使いを『はぐれ魔法使い』と呼ぶらしい。なんとも怪しげな名前だが、実際にあまり表に出られない存在なのだから、言い得て妙だ。

一方、同じ魔法使いの才能があるセドリックはというと、その力が開花した頃に、すでに魔法使いの登録だけは済ませているらしい。とはいえ、魔法省に所属しているわけでもなく、きちんとした鍛錬を積んだわけでもない。だから叡樹の誓いに縛られることもなく、いち貴族として普通に過ごせるのだとか。

ただ、訓練をしていない身なので、その魔力は宝の持ち腐れとなる。本来ならば稀少な才能を無駄にすることなどあり得ないことだが、セドリックには確かな身分もあれば、魔法以外の才覚も溢《あふ》れている。だから、魔法使いの道を捨てることに未練はないようだ。

（――なんて、わたしの存在がバレないように魔法省への所属を見送っていらっしゃるだけかもしれないのだけれど）

フィオナが彼の可能性を狭めているのかもしれない。なんてことも思うけれど、卑屈にはならないようにしている。

フィオナはフィオナで、彼の望む未来のために胸を張って横に立っていたいのだ。

改めて目標を噛《か》みしめていると、隣からこほんと咳《せき》払いが聞こえた。

セドリックである。なにか言いたげな様子で、こちらをジッと見つめてくる。

「ライナスのことを気にしてくれるのはありがたいが、その、フィオナ」

先ほどからどうも言葉を濁している。いったいどうしたのだろうと彼に向き直ると、横からライナスのカラカラ笑う声が聞こえてきた。

「もう！　兄さん、いい加減覚悟を決めなよ！　頑張って取ったんでしょ、休暇！」

「休暇？」

セドリックほど忙しい人が休暇を取るだなんて、よほどのことだ。このところ仕事は好調だと聞いているが、一日休みを取るだけでもかなり無理をしないといけないことはフィオナも承知している。

この流れでは、もしかしなくてもフィオナのために休暇を取ってくれたということなのだろうか。

彼と過ごす時間をたっぷりともらえるかもしれない。それはとても喜ばしい話題で、ついつい期待してしまう。

「君と結婚したというのに、ずっと、まとまった休みが取れていなかっただろう？　秋になって、仕事も落ち着いてきたし――そろそろ、どうかと思ってな」

「どう、とは？」

心臓がバクバク暴れている。なんだかセドリックの眼差しに熱がこもっている気がして、目を逸らせない。

「つまり、新婚旅行、なのだが」

「え……っ⁉」

驚きすぎて大きな声が出てしまった。しかし、それも仕方がないことだと思う。

「新婚旅行？　――あ、あの、セドリックさま、お仕事は？　本当に、そのような時間が？」

捻出するなど、可能なのだろうか。

いや、セドリックのことだから抜かりはないのだろう。それはわかっているが、旅行というには日帰りというわけでもなさそうだ。少なくとも一泊二日。その時間を作り出すために、彼がどれほど仕事に根を詰めなければいけないのかと考えると、くらくらしてくる。

「あのな、フィオナ。今はもう秋だし、議会もほとんど動かない。もともとこの時期は時間を作りやすいんだ」

「そうなのですか？」

「今さらかもしれないが、君と夫婦になった実感がもっと欲しい。私に付き合ってくれるな？」

フィオナが気に病まないような誘い方をしてくれるところ、本当に優しい。フィオナは両手を頬にあて、こくりと小さく頷《うなず》いた。

「旅行なんて、わたし、幼い時以来で。――セドリックさまとゆっくり過ごせるの、嬉しいです、とても」

思い返すと、実の両親が健在だった頃以来だ。緑溢れる湖畔の別荘を借りてのんびり過ごした思い出だけが残っている。

両親が身罷《みまか》って以降は、自分とは縁のないものだと思っていた。だから大好きな人と初めての場所に行って楽しめるだなんて、夢みたいだ。

「——そうか」

フィオナの事情も理解しているからこそ、セドリックは少しだけ寂しそうに笑う。それから力強く頷いて、フィオナの手を取った。

「今までの分を取り返すくらい、向こうで楽しめばいい。オズワルド殿下が、すでにナバラル王国の別荘を手配してくれていてな。三週間ほどはゆっくりできるはずだ」

「さん、しゅう、かん……？」

予想だにしない長期間、しかも国外ときた。あまりの事態に思考がついていかない。彼に手を取られたまま、フィオナはぴしりと固まった。

＊

セドリックにとって三週間の長期休暇をもぎ取ることは、実はさほど難しくはなかった。

普段からどれほど国に貢献してきたと思っている。フィオナを娶《めと》るまでは休暇を取るという感覚がなかっただけで、いい加減溜《た》め込んだ休みを消化していいはずだ、そうに違いない。

（まあ、殿下の提案がなければ、私もこんなにも思い切った休暇は取っていなかっただろうが）

——それはフィオナに旅行の提案をする二日前のことだった。

いつものようにオズワルドの補佐官として働き、その日の報告を終えた後、彼に話を持ちかけられたのである。

『それで？　そろそろ貴族たちも領地に戻る時期だが、お前はどうするんだ？』

華やかな金髪をかき上げながら、オズワルドが訊《たず》ねてきた。

オズワルド・アシュヴィントン・リンディスタはこのリンディスタ王国の王太子だ。同時にセドリックの主だが、彼の母親が自分の叔母という、いわば従兄弟同士でもある。セドリックのひとつ年上で、学生時代から常にそばにいるため、互いに遠慮がない間柄だ。

この日も彼は、碧《あお》い目にからかいの色を浮かべながらセドリックを見つめてくる。以前からなにかと絡んできたが、フィオナを娶ってからますます楽しそうに話題を提供してくるのである。

とはいえ、彼もまたセドリックの抱えていた事情を知っているからこそ、その変化を喜んでくれているのだろう。むしろセドリックが変わりすぎて、おもしろがっている節もある。

『どう、とは。今年はライナスも王都に来ておりますし、私は――』

夏いっぱいで王都での社交シーズンは一旦幕を下ろす。地方の貴族たちは秋頃より、各領地に戻っていくのだ。そして、王都や他領にいる貴族たちを自分の領地に招いて、紅葉狩りやガーデンパーティ、狩りなどを楽しむ。つまり、社交の場が王都から地方へと移るのである。

だがセドリックには、今年も領地に戻るつもりはなかった。

もちろん、フィオナのおかげで家族との関係性は大きく変わっている。今ならば両親となんの気兼ねもなく会えると思う。だから一度領地に顔を出すのも悪くないが、もうひとつ、どうしてもしておきたいことがあるのだ。

『休暇をいただきたいと思っております。結婚してからずっとバタバタしておりましたし。少しはフィオナとの時間を――』

と、途中まで言いかけたところで、がしりと誰かが肩を組んでくる。

『なになに？　セドさん、ついに新婚旅行でも連れていってあげる気になったの？』

などと明るく声をかけてきたのは、魔法省所属にしており、セドリックと同じくオズワルドの腹心でもあるアラン・ノルブライトだ。

朱色の長い髪を後ろでひとつ結びにした彼は、大きめのローブを纏《まと》っている。糸目で、常にへらっとした印象の彼だが、その実力は折り紙付きだ。この国の魔法省の中でも第三位、わずか七名しか存在しないという七芒の位を持った優秀な魔法使いなのである。

ふんにゃりした雰囲気からは想像もつかないが、頭も切れる。だから下手な近衛よりも優秀な護衛兼相談役としてオズワルドに仕えていた。

――などと一見いいようにも聞こえるが、少々言いたいこともある。行動力の塊であるオズワルドと、好奇心の塊であるアランが組むことで、厄介事が二倍になってセドリックに降り注ぐのである。

これまで仕事で忙殺されてきた要因のひとつに、彼らの暴走があるとはっきり言える。なぜかセドリックは常にふたりの尻拭い係。苦情や相談がもれなくセドリックのところに集まってくるところまでが一連の流れだ。

『あなた方が余計なことさえしなければ可能でしょうね。私だって、かわいいフィオナを旅行にくらい連れていってやりたい』

そのためには、とにもかくにもまずは休暇の確保だ。なんのトラブルにも巻き込まれることのない穏やかな日々。それがセドリックには圧倒的に不足している。

もちろん、フィオナの魔法により体も心もすこぶる快調だ。自分の仕事を片付けるスピードだって上がったし、業務を誰かに託すということも覚えた。以前と比べると、格段に仕事量の調整ができるようになってきた。

それでもまとまった休暇となると、オズワルドやアランの協力がなければ難しい。だからセドリックは、そばにいるふたりにじとーっとした目を向けた。

『今まで散々こき使われてきた分、私にだって休暇を取る権利くらいあるでしょう』

胸を張って言い放つと、ふたりはどっと笑い声をあげた。

『重畳《ちょうじょう》重畳！　なかなかいい傾向じゃあないか、ウォルフォード』

『だね。浮ついていてもやっぱり仕事人間だよなーって思っていたけれど、少しは安心していいのかな』

なんて、ニマニマした目でこちらを見てくる。

『フィオナちゃん、全然わがまま言わなさそうだもんね。セドさんが気にかけてあげないと、彼女から旅行なんて絶対言ってこないよ』

『そ、それは……』

痛いところをつかれて、セドリックはうっと言葉に詰まった。

アランの言う通り、フィオナは本当に慎ましい。いつもセドリックのことだけを考えてくれて、迷惑をかけないように本心を隠してしまう傾向がある。

もちろんセドリックは、彼女に隠し事なんてさせるつもりはない。彼女の心の憂いはすぐに払えるよう、常に気を配っているけれども、フィオナはフィオナで隠すのが上手なのだ。

(それに——私も、彼女にきちんと誓いたいことがある)

いまだに、彼女に契約結婚を持ちかけて、中途半端な関係性を築いてしまったことを後悔している。今でこそ彼女と心を通わせたが、はじまりがはじまりだ。夫婦でありながら、けじめをつけていない。恋人同士だし家族でもあるのだが、夫婦という関係性にはあと一歩足りない。

あけすけに言ってしまえば、いまだにセドリックは、彼女と同衾《どうきん》していないのである。

(いや、それに関しては！　私も！　色々と言い訳があるのだが‼)

誰に対して弁明しているかすらわからないが、セドリックは心の奥で叫んだ。

要は、彼女と本当の夫婦になるためには、きちんとしたけじめをつけなければいけないと考えている。

結婚式で心からの誓いができていれば、それがけじめになっただろう。しかし、彼女との結婚式はとてもではないが、心のこもったものとは言えない。むしろ、今思い出しても、彼女に対してなんて失礼な振る舞いをしたのかと頭を抱えたくなる。

そういうわけで、結婚式に変わる誓いを、セドリックははっきりと表明したかった。

(それに——)

もうひとつ、どうしても気にかかっていることがある。

いや、正直、これこそがセドリックの本音なのだろう。

(彼女を抱くということは、子をなす可能性があるということだ)

公爵家のためにも、いつかは必要となる。でも、あと一歩がどうしても踏み出せなかった。

意気地がないと自覚している。それでも、女魔法使いである彼女が妊娠するということ――それは即ち、魔法使いの子を持つことに繋《つな》がってしまう。

セドリックにはその覚悟が足りていない。確実に魔法使いの子を持つという事実がどうしても重くのしかかるのだ。

自分自身が魔法使いで――思いもよらない暴走で家族を苦しませ続けてきたからこそ、その宿命を子に授ける決意ができない。

でも、いつまでも怖じ気づいていられないことも自覚していた。

（だから、新婚旅行を通して、私は真にフィオナと夫婦になるんだ）

この決意は固い。ゆえに休暇。なにはともあれ、今最も必要なものは休暇なのである。

『ふぅーん』

ニマニマニマと、セドリックの肩を抱いたままのアランは、思わせぶりな目を向けてくる。

『そうだよね。そろそろ一歩進まないと、フィオナちゃんもかわいそうだし』

こう見えて彼は、よく人を見ている。案の定見透かされていたわけだが、さらに決定的な言葉を言われ、セドリックは顔色を変えることになった。

『せっかく結ばれたのにぃ、旦那さまってばわたしに手を出してくれな～い。わたしってば魅力がないのかしらあ～』

『っ、アラン！』

『――なーんて。でも実際、自分に責任があるって考えちゃいそうじゃない？』

言い方は似ても似つかないが、ぐうの音も出なかった。

次期公爵の妻ともなれば、世継ぎを作ることは重要な役目でもある。最初に結んだ契約では、子を作るような行為はしないと明記していたが、それはとっくに破棄されたものだ。慎ましい彼女のことだ、自分から話を切り出せないものの、思い悩んでいる可能性は大いにある。

『だから！　けじめを、つけてきますから！　――休暇を！』

ひときわ大きい声が出たところで、アランとオズワルドは体をのけ反らせてドッと笑ったのであった。

『しかしウォルフォード、新婚旅行といっても、どこに行くつもりだ？』

オズワルドに改めて話を切り出され、セドリックは額に手を当てる。からかわれすぎて頭痛がする。眉間に深く皺《しわ》を刻みながらボソボソと答えた。

『そうですね、湖畔の街サイクスでしたらウォルフォード公爵家の別荘もありますし、さほど遠くはありません。日常を離れてゆっくり過ごすなら最適かと思っていたのですが』

『ナバラル王国』

『え？』

遮るように言われた地名に、セドリックは瞬いた。

『ナバラル王国なんてどうだ？　近年のバカンスの定番ではあるだろう？　あそこなら、まだしばらくは暖かいし、ゆったりと浜辺を散策するのもよいのではないか？』

『それは、そうですが』

ナバラル王国というのはリンディスタ王国の南東に隣接する国だ。この王都からのアクセスも悪くない。

国の規模はリンディスタ王国と比べるとやや小さいが、歴史と伝統のある友好国である。ただ、ここ十年ほどで国の雰囲気が随分と変わった。南側は温暖な海が広がり、海産物や資源が豊富なのは変わらないが、その美しい海岸線沿いにいくつものリゾート施設や別荘が建ち並ぶようになったのだ。今や国外からの観光客も大勢受け入れている一大観光大国なのである。

別荘を他国の貴族に貸し出すことで、人々の交流を促し、市場拡大に繋げているようだ。リンディスタ王国の貴族の間でも、かの国で秋や冬を過ごすのがひとつのブームになりつつある。

まさに、この季節に新婚旅行に行くのにうってつけの場所でもあるだろう。

『三週間』

丁寧に、オズワルドが三本の指を立てて宣言する。

『かの国に行って、ちょっとしたお使いを頼めるのだとすれば、君に三週間融通するよ』

『三週間……！』

自分が想定していた三倍の休暇である。――いや、他の者たちにとっては、たいした長さではないのだが、これまで休暇という休暇を取ってこなかったセドリックにとってはいまだかつてないほどの大型休暇である。

それに行き先がナバラル王国となると、きっとフィオナも喜ぶだろう。

（なによりもあそこは、彼女の好むカメオの原産地だ）

昔ながらの技術によるシェルカメオの精巧さは有名で、彼女の喜ぶ姿がありありと目に浮かぶ。若草色の瞳をキラキラと輝かせた彼女は、きっととびっきりのお気に入りを見つけるだろう。それをセドリックの手ずから彼女の胸もとに飾るところまでを妄想し、ハッとする。

だめだだめだ。あまりに魅力的な条件すぎて、反射的に頷いてしまうところだった。

うまい話には裏がある。特に、提案してきたのがあのオズワルドなのだ。彼の意図はしっかりと確かめないといけない。

『それで、ちょっとしたお使いとは？』

『ああ、それはね――』

オズワルドは優美な笑みを湛えながら、彼に事情を話すのだった。

第二章　海辺の出会い

「……っ、セドリックさま！　見てください！　あれが海！　海ですよね⁉」

馬車の窓から見える景色に目を輝かせ、フィオナは声をあげた。

馬車は小高い丘の上を走っていた。先ほど森の切れ目を出たところで、眼下に一気に青が広がったのだ。

噂《うわさ》には聞いていたけれども、フィオナの想像を遥かに越える青だ。まさに一面、砂浜を境目に、線を引いたかのように青い世界が広がっている。水面が太陽の光を受けて、キラキラと輝いていた。

「っ、すごい！　素敵……！」

感極まって、フィオナは窓に齧《かじ》りつく。

リンディスタ王国の王都から馬車を走らせてもう四日。色々な街の宿に泊まりながら旅をするのは楽しかったが、それなりに疲れるものだ。

公爵家の馬車は揺れも少なく、尻にあまり響かないが、負担であることに変わりはない。それでも、目の前の景色の美しさで疲れなんて吹っ飛んでしまった。

「水面が揺れてるっ。セドリックさま、見てください！　あれが波――」

――などと言いながら、セドリックの顔を見てハッとした。

「っ、す、すみません！　はしたないところをお見せしましたっ」

あまりの興奮に我を忘れてしまっていた。

走行中の馬車で窓に齧りつくなんて、幼い子供がするような行動だ。セドリックの前でこんなにもはしゃいでしまったのは初めてで、フィオナはたちまち赤面した。

声がどんどん尻すぼみになり、今さらながらお淑《しと》やかに元の席に座り直す。隣に座っていたセドリックは、こらえきれないように、くっくと声を殺して笑っていた。

「そんなに喜んでくれるとはな。もっと早く連れてきてやればよかった」

「ううっ、すみません。でもわたし、海を見るのは初めてで、つい」

「ここには私と君しかいない。好きなだけ眺めていいのだぞ？」

「後にします……」

彼はもっとはしゃいでいいと勧めてくれるが、公爵家の嫁としてはよろしくないはずだ。

でも彼が微笑ましいものでも見るような目で見つめてくるから、どうしたらいいのかわからなくなる。居たたまれなくなり、両頬を押さえながらそっぽを向くと、いよいよセドリックは声をあげて笑った。

「くく、我が妻は拗《す》ねてしまったようだな。ご所望とあらば、別荘に着いたら早速浜辺へ出てみるかと思ったが」

「えっ⁉　本当ですか⁉」

餌につられて振り向くと、セドリックはますます上機嫌に笑った。まんまと彼の罠《わな》にはまった気分だけれど、彼が楽しそうなのは純粋に嬉しい。だからフィオナもつられて頬を緩める。

「フィオナ」

ふと、彼がフィオナに手を伸ばした。なかば条件反射のように、フィオナも彼の手に自らの手を置く。

　細くて小さい手だ。かつては手袋で隠していた労働者の手だった。でも、公爵家でたっぷりと手入れをされ、今では手袋で隠さなくても大丈夫なほど綺麗《きれい》になっている。指先までつるつるだし、磨かれた爪もツヤツヤと輝いている。

　セドリックは恭しく、その指先に口づけた。

　狭い車内、彼とふたりきりであることを今さらながら強く実感し、フィオナの頬がさっと染まる。彼の熱っぽい眼差しにソワソワしてしまい、彼の顔と足もとを交互に見た。

「フィオナ」

　セドリックはもう一度名前を呼ぶ。こちらを見て、と言われている気がして、フィオナは覚悟を決めて彼を見つめ返した。

　菫色の瞳が真っ直ぐにフィオナを射抜いていた。

　カラカラと、車輪が回る音が妙に大きく聞こえる。窓からの爽やかな光が彼の顔を照らし、眩《まぶ》しく思えた。

「――向こうに着いたら、君の時間をもらっても？」

「え？」

　フィオナの時間など、もとより全部セドリックのものだ。ここには彼と一緒に過ごすためにやってきたわけだし、今さらながらの質問に思える。

　けれど、彼の真剣な眼差しに、簡単に流してはいけないと感じた。セドリックにとっての大切な儀式のようで、フィオナもまた、真剣に受け止めるべきなのだと理解する。

「もちろんです、セドリックさま」

「――そうか」

フィオナの返事に、セドリックは幾分か安堵《あんど》したようだった。満足そうに目を細めてから、再びフィオナの指先に口づける。それがなにかとても神聖なもののように感じて、フィオナの頬はますます染まってしまう。

(む、向こうに着くまでにのぼせてしまいそう)

秋もいよいよ深まる季節だ。陽差しは眩しくとも、風は冷たい。リンディスタ王国と比べると、ここナバラル王国の気候はいくらか穏やかだが、それ以上に馬車の中が暑く感じてしまうから困ったものだ。

(外に出たら、いっぱい空気を吸おう。ちょっと落ち着かなくっちゃ)

でないと、彼と蜜月を楽しむ前に熱を出して倒れてしまいそうだから。


そうして、ドキドキしながらふたりきりの馬車の旅を楽しみ、夕暮れ前には目的地に到着した。

海辺沿いに建つ家はどれも大きな庭つきの開放的な建物ばかりで、隣の建物との距離がかなりある。ナバラル王国の都の中でも少し外れにあるここは、別荘街。各国の富豪が所有している、富裕層向けの別荘エリアなのだそうだ。

オズワルドの厚意で貸し出してもらえたという別荘は、淡い色の木と真っ白な漆喰《しっくい》の壁が印象的な明るい建物だった。公爵家のタウンハウスよりもこぢんまりとしており、素朴な雰囲気もあって味わい深い。赤茶色の屋根がかわいくて、フィオナはすぐにこの別荘が大好きになった。

開放的な庭の周囲にはリンディスタ王国では見られない特徴的な木々が並んでいる。

王都からわずか四日という距離ではあるが、植生はかなり異なっているようだ。目の前の木はヤシというらしく、幹のざらざら感やギザギザした大きな葉っぱなど、なにもかもが初めて見る形だ。

異国に来たのだと強く感じて、フィオナは建物の前で手を打った。

「素敵。ここで過ごすのですね」

「ああそうだ。――ほら、ロビンたちも先に着いていたようだな」

セドリックが指を指した先、見知った顔を見つけた。

ロビンは煉瓦《れんが》色の髪に、オレンジ色の瞳を持った快活な女性だ。フィオナ付きの侍女として、本当によく尽くしてくれる。

今回のハネムーンでも、真っ先に同行に手を上げてくれた。侍女ではあるけれど、フィオナにとっては歳の近いお姉さんのような存在で、いつも頼りにしてしまう。

彼女をはじめとした公爵家の使用人が、馬車が到着するなりぱたぱたと外に出てくる。

もともと別荘には管理人を含む数名しかおらず、身の回りの世話をしてくれる使用人は自ら連れてこないといけない。だから、フィオナたちに先立って、何名かの屋敷の使用人がこちらに到着していた。きっと、快適に過ごせるように中をすでに整えてくれているはず。

馴染《なじ》みの顔にフィオナの頬も綻び、自然と手を振っている。ロビンもこちらに気が付いたようで、にっこりと微笑んで挨拶をしてくれる。荷物の運び入れは彼らに任せて、フィオナはセドリックに手を引かれるまま、早速夕日の沈む浜辺を散歩することにした。

砂の感触がおもしろい。少し足を取られるし、一歩踏みしめるたびに砂が舞い、ブーツの中に入り込みそうだ。

ただ、初めてのこの感覚が楽しくて、フィオナはおっかなびっくり歩いていく。

いつになくはしゃいでいる自覚はある。けれども、セドリックとの初めての旅行、初めての異国、初めての海——初めてだらけで、心が弾むことに抗いようがない。

「セドリックさま、すごいですね！」

満面の笑みを浮かべて振り返ると、セドリックが眩しそうに目を細めた。

「ほら、前を見てくれ。砂に足を取られるぞ」

「わたし小さい頃はお転婆で、これくらい——きゃっ！」

などと言ったそばから躓《つまず》きかける。倒れそうになったところにセドリックが追いつき、さっと抱き寄せてくれた。

「…………すみません」

「いや。——くくっ」

ほら見たことかとばかりにセドリックが笑っている。

今日はなにをやっても格好がつかない。肩を落として反省していると、セドリックは楽しげに笑ったままフィオナの手を引いた。

「では、愛しい人。波打ち際まであなたを案内させてもらっても？」

そう言い、再び指先に口づける。紳士的な誘いではあるが、その視線にぞくりとするような色気を感じ、フィオナの体温が上がる。

セドリックと心が通じ合って三カ月、彼はフィオナとふたりきりの時はたっぷり甘い言葉をくれるようになった。けれども、今日はいつも以上に気障《きざ》に感じた。

（もしかして、セドリックさまも浮かれていたりするのかしら）

普段から冷静な彼のことだ。浮かれるなどという言葉とは対極な気もするけれど、フィオナの前だけではその氷が溶けることもよく知っている。

（わたしも、浮ついたままでいいのかな……？）

気障な彼のセリフに乗っかってもいいのかもしれない。そう考えると少し吹っ切れて、フィオナはへらりと笑った。

「ええ、もちろん」

その言葉を待っていたとばかりに、彼が恭しくフィオナの手を引いた。そうして、言葉通り海へ向かって歩いていく。

日が傾きはじめ、海に反射する陽光が随分と眩しい。少しひんやりとした潮風を感じながら、フィオナは寄せては返す波の様子をジッと見つめていた。

足もとまで波が押し寄せるも、やがて引き返してしまう。ブーツが波で濡れないようにフィオナ自身も足をぱたぱたと動かしながら、その不思議な光景を堪能していた。

世の中には、フィオナの知らないことがあまりに多すぎる。

この身に宿る魔法の力も、セドリックと出会わなければ気が付かないままだった。外の国の景色や、海を眺めることだってそう。ちっぽけだったフィオナの世界を、こうしてセドリックが広げてくれる。

好きだなあ、なんて、当たり前の感情を何度だって実感する。いつしかフィオナの視線は波からセドリックへと移っていて――セドリックも同じだったようだ。

波打ち際で見つめ合い、寄り添う。真っ白い砂浜にふたりきり、セドリックへの想いを噛みしめていると、彼がそっと口を開いた。

「フィオナ」

ああ、この顔だ。馬車の中でこの真剣な眼差しを向け、彼はフィオナの時間が欲しいと言った。

（なにか、とても大切な話があるのかしら）

いったいなんだろう。そう思いながら、ごくりと唾を飲み込んだその時だった。

セドリックと向き合ったその向こう――彼の肩越しに、誰かがふらふら歩いているのが見えた。

ここは私有地ではなく公共の場だ。富裕層のためだけの砂浜で、利用する人数はさほど多くはないけれども、ゼロではないのだろう。

これから夕日が沈む海は美しかろう。フィオナたちと同じく、その景色を見に来たのかなとも思ったが、どうも動きが変だ。

セドリックと同年代かやや年上と思われる男性だった。きっとこの国の人なのだろう。詰め襟で、シンプルながらも形がスッと整った白いコートを身に纏っている。体のラインを綺麗に見せるそれにはスリットがあり、ダークグレーのズボンを纏った長い足が映えていた。

ズボンの形もリンディスタ王国の一般的なトラウザーズと異なり、足元はゆとりがありだぼっとした印象ながら、くるぶしが見えるデザインだ。長身でスタイルがいいからこそ、その白い民族衣装がより美しく見える。

髪の色はクリーム色がかった銀髪で、その淡い色彩が今にも消えてしまいそうに感じた。髪の長さは胸くらいあるだろうか。肩にかかっている髪は梳《と》かされた形跡がなく乱れており、浮世離れした印象を受ける。

そんな彼は、足もとが覚束ない様子だ。ふらふらしており、どこか危うさを感じる。真剣な様子のセドリックと向き合っている最中だが、一度目に入ってしまうとハラハラしっぱなしだ。

「……フィオナ？」

フィオナがオロオロしだしたことに、セドリックも気が付いたのだろう。片眉を上げてから、フィオナの視線を追うように後ろを向こうとする。その瞬間、件の白い服の男性がばたりとその場に膝から崩れ落ちた。

「っ⁉　大丈夫ですか⁉」

それを放っておけるフィオナではなかった。セドリックから離れ、気が付いた時にはもう駆け出していた。

男性は、今にも波に攫《さら》われそうな位置に倒れ込んでしまっている。そんな彼に必死で駆け寄り、フィオナは大きな声で呼びかける。

「大丈夫ですか⁉　目を開けてください！　大丈夫ですか⁉」

名前もどこに住んでいるかすらもわからない人だ。どう呼んでいいかもわからず、ただ大丈夫ですかと繰り返す。

息はあるようだ。肩を何度も叩《たた》きながら呼びかけると、男性の瞼《まぶた》がわずかに揺れた。

（意識はある？　――でも、顔色が随分と悪い）

かなり色白だ。だからこそ、その肌が青白くすら感じる。

細身ではあるが、男性らしさをしっかりと残したバランスの取れた肢体。こうして見てみると、顔も非常に整っている。顔色こそ悪いけれども、十人が十人、振り返りそうな美貌だ。

セドリックがクールな印象の影のある美形だとすれば、目の前の彼はもう少し柔らかな印象とでも言おうか。かちっと着込んだ詰め襟のコートと、ゆるっと遊びのある髪のアンバランスさに妙に華を感じる。目を引いてやまない独特な妖しさ。それがどうしても印象に残る。

「ん、うう……」

「目を覚ましましたか？　大丈夫ですか⁉」

フィオナの呼びかけに応えるように、男性の瞼がわずかに持ち上がる。

（え……？）

その瞳の不思議な色彩に絶句した。

まるで夕日の沈む海のような見事なグラデーション。濃い橙色に、深い蒼が混じり合っているような幻想的な色彩を湛えている。見たこともない美しい瞳につい見とれてしまい、ハッとする。

（って！　この人を助けなきゃ！）

そう思い直したところ、隣に駆けつけたセドリックが声を漏らした。

「まさか、あなたは——」

「え？」

まるでこの男性を知っているような口ぶりだ。驚いて顔を上げると、セドリックは口を閉ざしてしまう。

一方、男性は再び瞳を閉じ、意識を失ってしまった。セドリックはそんな彼の呼吸や脈を確認しながらも、難しい顔をしたままだ。

リンディスタ王国内ならまだしも、この異国の地ですぐに医者を呼ぶのは難しい。となると、今頼れるのは自分の力だけだ。

「セドリックさま、ここには他にどなたもいらっしゃいませんし、わたしが」

「しかし」

「少しでも呼吸が楽になればと。――気持ち程度の効果しかありませんけれど」

なんて肩を竦めながら、懐からハンカチを取り出す。自ら刺した刺繍がたっぷりと入ったそのハンカチを男性の手に握らせてから、フィオナは彼の頬に右手で触れた。

(自分の中の魔力の廻りを意識して――)

まだほんの数回だけれども、アランに師事して教わった。フィオナの魔力は特殊で、使い方を間違えなければ十分に人を癒やすことができるかもしれないからと。

きちんと魔力の流れを意識さえすれば、刺繍などの媒介を通さずとも、即時に癒やしの効果を与えられる。ただ、未熟なフィオナではまだまだ上手にできなくて、お守り代わりに刺繍つきのハンカチを握らせたのだ。

人間は、誰しもほんの微量な魔力を持ちあわせている。それを正しく整えてあげることで、体の不調を治すことができる。そしてフィオナの魔力には、もともと相手の魔力を整える力が備わっている。まさに今こそ、この力が役に立つかもしれない。

ふわりと、意識の奥で魔力を高めていく。

フィオナにとって魔力の形は、刺繍糸と似たようなイメージだった。真っ白く細い糸が何本も重なり、男性に向かって伸びていく。

フィオナの魔法使いとしての腕は未熟のひと言で、自分以外の誰かの魔力がどれほどの量なのか、どのような形なのかなどちっともわからない。アランほどの人になると、相手の魔力溜まりのようなものが見えて、体の不調の原因がなんなのか突き止めることくらいできるらしいが、今のフィオナには無理なので、できることをするだけだ。

フィオナの糸が男性の体内に潜り込み、魔力の流れに沿っていく。それ以上、フィオナは自身の魔力の行方を追うことすらできないけれど、効果はきちんとあったようだ。

「ん、ぅ……」

再び、夕暮れの海の色をした瞳が覗《のぞ》き、ホッとする。

「これ、は」

ぽつりと、男性が声を漏らす。意識が戻ったようだ。安堵して微笑んだところで、遠くから誰かが呼びかけるような声が聞こえた。

「――主！」

ザッザッと砂浜を踏みしめながら、かなりの勢いで駆けつけてくる男性がひとり。

年は三十手前くらいだろうか。少し浅黒い肌に、焦げ茶色の髪がエキゾチックな魅力を放っている。服装は倒れている男性と同じく詰め襟のロングコートだが、目の前の男性のものよりも装飾が簡素だ。

目の前の男性を主と呼んだことから、彼に仕える使用人かなにかなのだろうが。

「サウロか」

ぼそりと、銀髪の男性が呟《つぶや》いた。サウロと呼ばれた人物は、フィオナとセドリックを押しのけ、主らしき男性に寄り添う。そして、長身の成人男性である彼をひょいと抱き上げ、フィオナたちから数歩離れた。

「——主を助けてくださり、感謝いたします。先を急ぎますので、これにて」

表情はぴくりとも動かない。髪と同じ焦げ茶色の三白眼に見つめられると、なんだか責められているような気持ちになる。

けれど、本人はそのつもりはないらしく、丁寧に一礼をしてくれた。ただ、長居するつもりもないらしい。

「待て、サウロ……っ」

「いいえ、主」

主従でなにやら問答をしているようだが、主の声を聞くつもりはないようだ。一刻も早く連れ帰り、休ませようとしているのだろう。

サウロはすぐに背中を向け、フィオナたちの前から立ち去っていく。

それはあっという間の出来事で、フィオナもセドリックもぽかんとしたまま、ふたりの背中を見送っていた。

砂浜での出来事にすっかりと呑まれ、セドリックとの会話も立ち消えになってしまった。

本当はなにかを言いたかったようだが、最後まで聞くことは叶《かな》わなかった。そもそもセドリックも、機会を改めることにしたようだ。

倒れていた男性の容態も気になったし、なんとなく落ち着かない気持ちのまま夜を迎えることとなる。そうして、天井に大きな窓がある星空が見える浴室でゆったりと湯浴みをした後は、ロビンに案内されて寝室へと向かった。

「わぁ……！」

フィオナは感嘆の声をあげた。

王都の家と比べると部屋は全体的にこぢんまりとしている。だが、温もりがあり味わい深い。

ファブリックや小物には、大柄の花や葉の絵柄が多く、見ているだけで気持ちが明るくなる。湿気が多いからか、木の素材でできた通気性がよく軽い印象の家具が多くて、なんだかフィオナまで開放的な気分になった。

寝室も同様に、大きな窓にはこの国特有の植物の葉が描かれたカーテンがゆったりとかかっている。とはいえ、他国の王族が使用する別荘だからだろう。慣れ親しんだ形の天蓋付きのベッドが置いてある。とても大きく、寝心地もよさそうだ。

これなら夜もゆっくり眠れそうだと、ホッとしたその時だった。

「フィオナか？」

「え？」

ガサッと、誰かが動くような気配がしたかと思うと、馴染みのある声が聞こえてきてハッとする。

「セドリックさま……？」

そんなまさかと思った。普段王都でそうであるように、今夜もひとりで眠るものだと思い込んでいたからだ。

しかし、ちょうど天蓋に隠れて見えなかった場所に、セドリックが座っていた。大きな窓から差し込む月明かりを受けて、彼の宵闇色の髪はつやつやと輝き、たちまち目が離せなくなる。

「どういうことだ。まだ、君と寝室は――」

フィオナだけでなく、セドリックも混乱しているようだ。

もごもごとなにか言い淀み、でも、フィオナを放置するわけにはいかないとも思ったのだろう。

「いや、そうだな。この別荘に主寝室はひとつか。――皆、余計な気を回してくれて」

「え？」

「いや、気にしないでいい」

大きく息を吐いてから、セドリックはベッドから立ち上がる。そして、ゆっくりとフィオナの方へと歩いてきた。

ナイトガウンを着た彼は、いつもと雰囲気が異なり夜の気配を纏っている。

心の準備などできていなかった。その壮絶な色気に圧倒され、フィオナの心臓がトコトコと音を立てはじめる。

今さらながら、自分が普段よりやや薄手のネグリジェを身につけていることが気になってきた。

大陸の南に位置するナバラル王国では、リンディスタ王国よりも夜の気温が多少は穏やかだからだ。

だが、今はこの薄さが心許ない。たちまち変な汗が流れはじめて、フィオナの頭はまともに働かなくなった。

「あっ、あ、あ、あのっ！　と、突然やってきて、驚かれましたよね。わたし、別の部屋で」

「いや」

すぐに出ていこうとしたところで、手を取られた。彼の視線をひしひしと感じ、落ち着かない。胸もとに両手をギュッと重ねては、浅く呼吸をする。

セドリックとはもうそれなりの付き合いになる。彼とは深く想い合う仲であることは自覚しているし、彼の愛を疑いようもない。

ただ、契約結婚としての仮面を被ったまま長く過ごしてしまったせいか、想いを通わせて以降もそのままの関係性はずるずると続き、ついぞ同衾していなかったのだ。

夜の時間を長く過ごしたのは、彼に助けてもらった夜会の日くらいだろうか。

従妹であるエミリーに追い詰められ、助け出してもらった。アランによる魔法契約を破棄した後、フィオナはホッとして気を失ってしまったのだった。それを心配してくれたセドリックが、ひと晩中手を握っててくれていた。

でもそれ以降は、フィオナを契約結婚に巻き込んだ後ろめたさからか、生真面目すぎる性格のせいもあり、彼がフィオナと同衾するようなことはなかった。

フィオナも、気にしていなかったかと言われると、正直気にしていた。

自分は公爵家の嫁になったのだ。貴族の妻と言えば、世継ぎを作ることが大きな役割のひとつである。

もちろん責務というだけではない。フィオナにとって、純粋に彼と自分の血が繋がった子を授かるのが夢でもある。なのに、契約という障害がなくなった今も、彼と共寝することはなかった。

（女としての魅力がない、とは思いたくないけれど）

セドリックなりに、はっきりとした理由があるのだろう。だからフィオナも、自分からなにか言うようなことはなかった。

でも、突然寝室にふたりにされたとあっては、どうしたらいいのかわからなくなる。正直、馬車でふたりきりだった時からずっとドキドキしっぱなしなのだ。

手を引かれたままふたり、ベッドに横になる。緊張しすぎてカチコチに固まっていることくらい筒抜けだろう。どうしたら自然に振る舞えるかわからなくて、頭が真っ白になる。

「そう緊張しないでいい」

フィオナと違って、セドリックには余裕があるようだった。優しく上掛けをかけ、その上からポンポンと優しく叩く。そのリズムが優しくて、フィオナはようやく頬を緩めた。

「ずっと移動ばかりで疲れただろう？　今日はゆっくり休むといい」

「でも……」

「大丈夫だから」

おずおずと彼の顔を見つめると、彼は目を細めて微笑んでくれる。

薄暗いせいか、普段とはまた雰囲気が違う。彼が素敵な大人の男性であることを改めて意識してしまい、茹《ゆ》で上がりそうだ。

身じろぎすることすら憚《はばか》られてジッとしていると、彼がその腕を上掛けの内側に入れてくる。

「ひゃっ！」

ネグリジェの上から直接抱きしめられ、変な声が出てしまった。

意図せぬ声を出してしまったことが恥ずかしくて、フィオナは慌てて口を閉ざす。普段、ドレスの時に抱きしめられるのとは全然違う。彼の手の形が直接肌に伝わってくるような密接感だ。

自然とフィオナの瞳が潤んだ。胸の鼓動が聞こえてしまうのではないかとそわそわしっぱなしだ。

そんなフィオナの様子を見て、セドリックはごくりと唾を飲み込んだ。しかしフィオナとは違って、やはり彼は冷静なようである。

「ほら、目を閉じて。――大丈夫だ、なにもしない」

なにかをされてもよいのですけれど、と告げる勇気はなかった。

羞恥でもうどうしようもなくて、これ以上進むとフィオナの心の方が保ちそうにない。だからギュッと目を閉じ、こくこくと頷いた。

このまま顔を見つめられたままでいるのは恥ずかしすぎる。だから自然と彼の胸もとに顔を埋める形になった。これならば顔は見られまいと安心するが、すぐに別の問題が生じていることに気が付いた。

(ち、近い……っ)

互いに抱き合っているのだから、当然と言えば当然だ。けれども、それぞれ薄手の寝間着であるがゆえ、どうしても彼の体温を強く感じる。

(どうしよう。緊張しているの、バレて――)

その時、ふと気が付いた。

ドクドクと響く、深い音。心の臓が打つ早鐘はフィオナのものではない。

(セドリックさま?)

フィオナは顔を上げた。こちらを見つめていたらしいセドリックと目が合うなり、彼はすぐに視線を逸らしてしまう。

そんな彼の頬が赤く染まっていたような気がした。

もしかして、緊張しているのはフィオナだけではなかったのだろうか。てっきり彼は余裕たっぷりなのだと思っていたけれど、この鼓動の速さはフィオナのものと遜色がない。

（セドリックさまも、緊張なさっているのかしら）

普段からストイックな色気が溢れる彼だけれど、夜の姿はますます破壊力がある。とても魅力的な大人の男といった雰囲気の彼が、こうも緊張しているなんてあまりに意外だった。

見た目に流されてしまいそうになるが、中身はやはりあの誠実なセドリックなのだ。

（セドリックさまも、わたしと同じなのね）

そう思うと、正直ホッとする。

百戦錬磨みたいな顔をしているけれど、彼が真っ直ぐで誠実な男性であることをフィオナは知っている。互いにドキドキしているのだと実感すると、親近感が湧いてきた。

（ふふ、そっか。わたしだけが焦ってるって思っていたのが馬鹿みたい）

なんだかとてもおかしく思えてきて、フィオナは笑った。そうして、フィオナからギュッと彼にしがみつく。

「――っ⁉」

セドリックが息を呑むのがわかった。ビクッと体が大きく震えるも、その後、恐る恐るといった様子で抱きしめ返してくれる。

ゆっくりと髪を梳かす手が心地よく感じた。その不器用な優しさが微笑ましくて、フィオナの頬が緩む。

ほら、やっぱり彼も同じだ。そう思うと、フィオナの方にも多少余裕が出てきた気がする。

「セドリックさま、あったかい」

「――――そ、そうか？」

「はい。ん、――よく、眠れそうです」

なんだか一気に安心できたらしい。優しい温もりに包まれて、そのうちとろとろとした眠気が襲ってくる。きっとこのまま、眠気に流されてよいのだろう。彼の腕の中はとても暖かくて、幸せを噛みしめながら目を閉じる。

実際、移動でとても疲れていたからか、それから間もなく眠ってしまったらしい。ぐっすり眠れて、翌日には移動の疲れも綺麗さっぱり取れていた。

――一方のセドリックの目もとには、なぜか隈《くま》ができていたけれど。

第三章　もしかしたら天敵かもしれない

別荘の一階、開放的な居間にてゆっくり朝食を楽しみ、今日からなにをしようかとセドリックと話し合う。

昼間に浜辺を歩くのも楽しそうだし、華やかだと噂の中心街に出るのも魅力的だ。さすが観光業が盛んな都市だけあって、買い物も食事も、それから遊戯や観劇など遊ぶ場所もあまたあるらしい。どこもかしこも興味がある場所だらけで目移りしそうだ。

ただ、どうもセドリックが寝不足な様子で、ちょっとだけ心配だ。フィオナがベッドを占領してしまったせいで、寝づらかったのだろう。

事情があったとはいえ、もともと寝つきの悪い人だという認識がある。そんな彼にもっとぐっすり眠ってもらえるように、刺繍入りのシーツも持ってきてもらった方がよかったかもしれない。

なんて、フィオナがあれこれ考え込んでいることもお見通しらしい。セドリックは肩を竦めながら、大丈夫だと笑った。――空元気のような気もするけれど。

気を取り直して、今日からの予定を立てる。ふたりして観光用のリストを見ながら目を輝かせていたところに、誰かがやってきたのか、人を呼ぶためのベルが鳴り響いた。

「――こんな時間から？　いったいどなたでしょう？」

そばに控えていたロビンが首を傾げる。

使用人のひとりが確認し、戻ってきた。セドリックの耳元でなにかを告げると、彼は驚いたように目を見張った。

セドリックの纏う空気が急にピンと張り詰め、まるで仕事をしている時のように表情が厳しくなる。なにか思い詰めるような様子に、フィオナは小首を傾げた。

「どうなさったのですか？」

「いや、昨日フィオナが助けた男の従者が礼を言いにやってきたらしくてな」

そう言われるなり、昨日の男性の姿を思い出す。彼がその後大丈夫だったのか、気になっていたのだ。

「まあ、そうなのですね！　あの方はご無事だったのでしょうか。随分と顔色が悪くて」

「そうだな。話を聞こうと思うが、フィオナは」

「もちろん同席いたします」

客人への対応は、セドリックの奥方としてしっかりできるようになりたい。それが今のフィオナの目標だ。

セドリックの性格上、ウォルフォード公爵家のタウンハウスには社交目的での訪問者が少ない。だから対応経験が圧倒的に少ないのだ。

（オドオドしないで、背筋をピンと伸ばして、優雅に）

大丈夫、自分ならできると言い聞かせる。

サウロとかいう件の従者には、オロオロしている姿をすでに見られてしまっている。でも、あれは非常事態だっただけだ。今度こそきちんと対応してみせようと、気持ちを引きしめた。

そうしてサウロを客間に招き入れ、向かい合う。サウロはあくまで使いであるためか、ソファーに座ることを固辞した。

少し浅黒い肌に焦げ茶色の髪を持つ彼は、なんともエキゾチックな印象だ。不思議な気持ちで見つめていると、彼もなぜか興味深そうな目をこちらに向けてくる。――こちらというか、なぜかフィオナを。

つり目の三白眼で見つめられると、少し責められているような気持ちになる。多少戸惑いつつも、ここは笑顔で対応するべきだ。

セドリックと顔を見合わせて頷き合う。そうして、こちらから軽く自己紹介をしたところで、「あなたは？」と話を切り出した。

「改めてご挨拶をさせていただきます。私はかの主の下僕、サウロと申します」

下僕という言葉をなんの躊躇もなく使用することに戸惑いつつも、フィオナたちは頷く。

「昨日は助けていただいたにもかかわらず、主の危機ゆえ、満足に礼もできず失礼いたしました」

「いや、君の主人の体調が思わしくなかったことは理解しているが――」

セドリックが怪訝《けげん》な顔つきをした。

それも仕方がないことだろう。結局、彼の主が誰だったのか、彼は言っていない。それは名乗っていないことと同義だ。

「主の身分を明かさないことはお許しください。我が主はここ何年も体調が思わしくなく、こちらの街にて療養をなさっておりまして」

「つまり、体調不良を隠さなければならない身分ということか」

「左様にございます」

それはかなり尊い身分か、あるいは資産家などではないだろうか。

確かに、身なりこそシンプルではあったけれども、彼の主は独特の空気感を纏っていた。優雅でいて独尊とでも言おうか。世界が彼を中心に時を刻んでいるかのようなマイペースさ。

(なんて、別にお話をしたわけでもないのだから、はっきりとはわからないけれど)

あくまで見た目の雰囲気から見た勝手なイメージだ。ただ、サウロのような従者を持つことからも、彼の主がただ者でないことはよくわかる。

サウロはよく訓練されたいい従者なのだろう。所作も綺麗だし、なによりも主に対する忠誠心をひしひしと感じる。

「しかし、我らの別荘がここだとよくわかったな」

「調べましたので」

あっさりと言い放つあたり、サウロにとっては難しくなかったのだろう。

浜辺でのほんのわずかの邂逅《かいこう》だ。フィオナたちは特に名乗ったわけでもなく、そもそもこの別荘にたどり着いたのが昨日という他国の人間だ。それを少ないヒントからたった一夜で割り出すというのは、本当に優秀な人間なのだろう。

そして、そんなサウロを雇っているという主とやらの身分も、相当なものだと考えられる。

「ご厚意に甘えてばかりで心苦しくはあるのですが、このたび、あなたさま方に――いえ、奥さまにひとつお願いがございます」

「え?」

まさかの名指しに、フィオナはぱちぱちと瞬いた。隣に座るセドリックと目を合わせ、困惑した表情を見せる。セドリックが難しい顔をしながらも、フィオナの代わりに話を聞いてくれた。

「フィオナに？　いったいなんだ」

「はい。実は主が、昨日奥さまに看病をしていただいた後、屋敷にて、体調がとてもよくなったと大層お喜びになりまして」

「それはよかった。――それで？」

「もしよろしければ、これからも奥さまに治療をお願いしたいと」

「………………なに？」

セドリックの眼光が鋭くなる。

思いがけないお願いに、フィオナ自身も戸惑い、息を呑んだ。

「看病もなにも、フィオナは彼に声をかけただけだ。我らは医者ではない。知識もなく、あの場でただ呼びかけることしかできなかった。そんな我らにこれ以上なにができると言うのだ？」

セドリックの声がだんだん低くなっていくのがわかった。

彼の纏う空気が冷たい。冷酷な次期公爵さまと呼ばれることもあると聞いていたが、なるほど、この空気感がその噂の源だったのかもしれない。そのようなことを、今さらながら実感する。

それはそれとして、フィオナも平常心ではいられなかった。

セドリックも隠そうとしてくれているが、サウロの主人の体調が本当によくなったのだとすれば、それはおそらくフィオナの魔法による効果だ。

（元気になってよかったわ。でも――）

それはそれ、これはこれである。フィオナは、自分が女魔法使いであることがバレてはいけないのだ。

（安易に魔法を使ってしまったせいね。ごめんなさい、セドリックさま）

だからこそ、このような面倒な依頼を引き起こしてしまっている。もちろん、表向きにはフィオナにはなんの力もないことになっているから、断れば済む話だが。

「我が主は、長らくの療養で心が弱っておいでです。そこをあなたさまに介抱されて、とても心が癒やされ、体調に影響を与えた——と私は認識しております。しかし主は、そうではない。気の持ちようなどではなく、確実に体調がよくなっていると主張されており」

「それで、フィオナにまた会いたいと？」

「左様でございます。できることならば、これからも定期的に治療を、と」

そこまで聞いて、セドリックは大きくため息をついた。

自分の感覚を信じすぎているというか、彼の主というのは中々に頑なな人物のようだ。気の持ちようなどという言葉では流されてくれないときた。

フィオナは途方に暮れた。誰かの役に立てることは純粋に喜ばしい。でも、ここまで食い下がられるとは思わなくて、どうしたものかと目を伏せる。

「定期的になどと。我らはリンディスタ王国の人間だ。しばらくしたら自国へ帰る。そもそも、この国には余暇を楽しみに来ただけだ。貴殿らの要望に応える義理もない」

「それも承知しております。もちろん、ご厚意に甘えるだけのつもりはございません。それ相応の礼はすると」

「相応の礼と言われてもな」

ソファーにもたれかかり、セドリックは息を吐く。

サウロの主は間違いなく、それなりに資産も権力もある人物だ。だが、曖昧な誘いをセドリックが受けるはずがない。

優柔不断なフィオナとは違って、セドリックはそのあたりの線引きがはっきりしている。そもそもセドリックは、個人の資産も権力も十二分に持ち合わせているのだ。だから相応の礼などという言葉を魅力に感じるはずもない。

けれど、この時ばかりは、思っていた反応と違う答えが飛び出した。

「………少し考えさせてくれ」

あまりに意外な反応に、フィオナはパッと彼の顔を見た。普段ならば、あっさり切り捨てておかしくないところを、考えるとはこれいかに。

「あくまで、我らはここへ観光に来ただけの他国の人間だ。貴殿らの事情に巻き込まれるのはごめんだからな。だから今は、検討するとしか言えない。それでも構わないか？」

「もちろんでございます」

「ならば、後で君の主の屋敷とやらに使いを出そう」

サウロは胸の前で両手を合わせ、深々と礼をした。なるほど、これがナバラル式の礼の仕方らしい。そして何度も感謝の意を伝えながら、部屋を出ていく。

別荘からサウロの気配が消えるなり、セドリックがはぁーっと深いため息をついた。

セドリックがフィオナの前でため息をつくのは珍しい。自分のせいで、面倒事に巻き込んでしまい、申し訳なくてならない。

「すみません、セドリックさま。昨日、私が考えなしだったせいで」

「え？　いや。そうではない」

だが、セドリックは別のことを考えているようだ。

「優しい君が、倒れている人を放っておけるわけがない。それが君の長所だし、普通は君に治療してもらったところで、相手も察知できるものでもない」

「つまり、あの方の主と仰る方が普通ではないと？」

「そうだな。……まあ、普通の男とは言えないな」

眉間にギュッと皺を寄せ、セドリックはもう一度大きく息を吐いた。そうして、なにかを決めたように大きく頷き、フィオナに向き直る。

「クラウディオ・シェロ・エメ・ナバラル」

「へ？」

「昨日、君が助けた男の名だ」

「……ナバラル？」

とても聞き覚えのある響きだ。というよりも、新婚旅行にやってきたこの国の、国名ではないだろうか。

嫌な予感がむくむくと膨らむ。だって、名前に国名を持つ人間など限られているのだから。

「まさか、ナバラル王家の方なのですか……？」

偶然の出会いで、とんでもない大物を引き当ててしまったようだ。相手が誰かも気が付かず、ほいほいと治療の魔法を施してしまった自分の迂闊《うかつ》さに頭を抱えたくなる。

ヒクヒクと頬を引きつらせていると、セドリックが沈痛な面持ちで頷いた。

「そうだ、彼の身分はこの国の第一王子。――あまり広く知られてはいないのだが、この国では今、水面下で王位継承争いが激化していてな」

「あ。だから――」

「療養中というのがバレるとまずい」

「なるほど」

体調面に心配がある人を、次期国王に推すことは確かに難しいだろう。それは他に漏らすわけにいかない秘密であることも理解できる。

「だからあの方は、曖昧な言い方をなさっていたのですね」

相応の礼、という表現も気になっていた。謝礼の規模から、身分を特定されるのを避けるためだろう。

「ナバラル王家の人間に、わざわざ君のことを紹介する必要性を感じない。だから、本来ならば断るところなのだが」

セドリックが言葉に詰まる。相手は他国とはいえ王家の人間だ。安易に突っぱね、摩擦が起きるのを避けたいのだろう。

「…………フィオナ、実はな」

けれど、セドリックが悩んでいるのは、また別のことだったらしい。

「今回の新婚旅行にあたって、オズワルド殿下からひとつの任務を引き受けていたんだ」

「え？　任務ですか？」

思いがけない単語が飛び出してきて、フィオナはぱちぱちと瞬いた。

「あっ！　いや！　君との時間に仕事を持ち込むことなど本来はあってはならない！　それもわかっていたのだが、三週間という餌を目の前にぶら下げられて、だな」

「あ……」

セドリックにしてはあり得ないほど長い休暇だなとは思っていたのだ。

彼は本当に忙しい人で、三週間も王城から姿を消すとなると、困る人間も多いだろう。セドリック自身それをわかっているからこそ、あまり長期休暇は取らないようにしていたこともフィオナは知っている。

（とても周りの人思いで、優しい方だもの）

冷酷な次期公爵だのなんだのと好き勝手言われているが、彼が誰よりも気配りのできる人間であることをフィオナはよく知っている。あまり仕事を休まないのも、周囲の人たちが働きやすくするための配慮だ。そんな彼が、フィオナとゆっくり過ごす時間を取りたいと願ってくれた。そのことがなによりも嬉しい。

（三週間という餌に飛びついてくださったのですね）

ぽわんぽわんと、ぶらさがった餌に飛びつく菫色の狼《おおかみ》をイメージして、頬を綻ばせる。普段のクールなセドリックとはまた違った一面が見られて、その微笑ましさに眦《まなじり》を下げた。

「大丈夫ですよ、セドリックさま。――それで、任務の内容をわたしがうかがっても？」

問題ないのだろうか。小首を傾げると、セドリックは真剣な表情でこくりと頷いた。

「観光ついでにナバラル王国の様子を見てきてくれ、ということでな。実は、この国の王位継承権争いは我が国でもかなり注目している。正直、クラウディオ殿下に立ってもらわねば困るんだ」

そうして、セドリックは順番に説明してくれた。

この国にはふたりの王子がいる。

ひとりがクラウディオで、彼はもともと優秀な王子だと他国からも評判が高かったそうだ。貿易や外交の手腕に優れており、油断をすると彼に搾り取られる一方になるが、対等な関係を築けたら互いに利益を上げられるよい取引をしてくれる。

新しいもの好きで、たとえばこの別荘街の別荘を、他国の貴族や大商人に貸し出すことをはじめたのもクラウディオの提案らしい。そうすることで、他国の有力者をナバラル王国に呼び、自然と交渉の機会を増やせるだろうから、と。

同様に、中心街の発展にも、彼は大きく貢献しているのだとか。もともとは観光業で細々とやってきたこのナバラル王国が、急激に成長しはじめたのは、クラウディオの功績とも言える。

リンディスタ王国としては、ナバラル王国の発展は願ってもない状況だ。今後もよりよい取引ができるように、関係性を築いていきたい。そのためにも、クラウディオの立太子を心待ちにしているらしい。

しかし、そんなクラウディオが、二年ほど前からあまり表に姿を現さなくなった。いったいなにがあったのだろうかと、オズワルドをはじめとしたリンディスタ王国首脳陣も気にしていたようだ。

ちなみに、対立している第二王子カリスト・イサーク・エメ・ナバラルは、クラウディオと比べるとかなり保守的な考え方をする王子らしい。ゆえに、カリストが王太子に選ばれてしまうと、ナバラル王国が元の形に戻ってしまうのではと危惧している。

彼のバックについている保守派の貴族たちも、ここ数年での急激なナバラル王国の変化に思うところがあるのだとか。

彼らはずっと、塩の関税引き上げを謳《うた》っており、対外的にも厳しい対応をしていくだろう。これはリンディスタ王国にとっても深刻な問題で、一方的に関税を引き上げられてはたまらないと考えている。

ナバラル王国はあと一年程度で王太子を決定すると宣言している。

だからこそ、あと一年の間にクラウディオ殿下を推したい。そういうことらしい。

「もしクラウディオ殿下の様子がわかるようなら調べてきてくれと。ついでに、彼の立太子に向けての後押しができれば――」

「なるほど」

「しかし、あくまで新婚旅行のついでのようなものだったからな。殿下も、まさか私がクラウディオ殿下と遭遇するだなんて思っていなかっただろう。あくまで、私に気兼ねなく三週間の休暇を与えるためだけの理由付けのようなものと思っていたが」

こんな出会いがあるだなんてと、セドリックは深々とため息をついている。

「フィオナ、君は本当に私の幸運の女神だ」

いつになくセドリックの表情が重い。ゆえに、ちっとも褒められた気にならなかった。

「えーっと。この場合、幸運かどうかは怪しいところですけれど」

いっそこのような出会いがなかった方が、平穏な蜜月を過ごせたはずだ。とはいっても、出会ってしまったものは仕方がない。

セドリックはほとほと弱っているようで、フィオナをギュッと抱きしめ、肩口に顔を埋めた。それから、はああと、腹の底からのため息をついている。

「――あのクラウディオが、よりにもよって君に興味を持つなんてな」

セドリックの心配はもっともだ。

話を聞くだけで、聡《さと》い王子であることがわかった。もしかしたら、フィオナが魔法使いである可能性に気付いたからこその今回の打診なのかもしれない。

もちろん、女魔法使いだなんてそんな稀少な存在、可能性を見出すことすら馬鹿らしい。だから、単純に直接お礼を言いたいだけという線もある。あるいは、あくまでフィオナをダシにして、セドリックと繋がりを持ちたいという可能性もなくはない。

（むしろ、それが一番ありえそうではないかしら？）

セドリックが相手をクラウディオと見抜いたのだから、相手もセドリックの正体を見抜くのは不思議ではない。だからこそサウロもここの別荘を割り出し、わざわざ挨拶に来ているのだ。

（セドリックさまは次期公爵となられる身分で、オズワルド殿下の腹心だもの）

クラウディオが他国の貴族と交流を大事にする男であれば、セドリックとの繋がりを欲するのは十二分にありえる。

（それに、今回の申し出をお請けすることで、セドリックさまの役にも立てるかもしれない）

クラウディオの様子を調べるのなら、本人と直接話すのに越したことはない。むしろ、セドリックにとってそれが一番都合がいいからこそ、フィオナを引き合わせることと天秤《てんびん》にかけて悩んでいるのだろう。

（直接魔法をかけることを避けたら大丈夫かしら？　刺繍にちょっと触れてもらうとか、それくらいなら）

元来、フィオナの力はあまりに慎ましいものだ。セドリックと出会うまで、フィオナが女魔法使いであることなんて、誰も気付きはしなかった。フィオナ自身も無自覚だったくらいなのだから、本当にたいしたことがない、ちっぽけなものなのだ。

今まで通り普通にしていたらバレることもないはず。だから、フィオナは決めた。

「セドリックさま。わたしは魔法の力なんてないものだと堂々としています。だから、せめてお見舞いと称して訪問してみませんか？　そこで交流を深められてはどうでしょう」

「だが――」

フィオナの提案に、セドリックは顔を上げる。

菫色の瞳が不安そうに揺れた。フィオナのことになると、この人はたちまち臆病になってしまうのだ。

そんな彼の優しさにいつも救われている。心配してくれているからこその彼の態度が愛しくて、フィオナはそっと彼の背中に腕を回した。

「わたしは、魔法以外でセドリックさまのお役に立てることがほとんどありません」

「そんなことはない！」

「いいえ。――でも、これからだって思っているんです」

フィオナは微笑んだ。

正直、公爵家の嫁としては、まだ及第点にも達していないだろう。

社交も、流行も、マナーも、知識も、なにもかもが拙い。もちろんそのままでいるつもりはなくて、毎日の勉強は欠かしていない。

ただ、レリング家で虐げられていた日々の中で、失った時間があまりに大きい。普通の令嬢ならば当たり前に理解している常識が、フィオナにはすっぽりと欠けていることも自覚している。さらに実家の後ろ盾もなく、貴族の結婚相手としては満足な役割を果たせていない。

勉強をすればするほど、自分の至らなさに落ち込むことも増えていたのだ。

もちろん、くよくよしている性格でないため、それでも努力しようと頑張っている。でもフィオナとしては、愛されていることや魔法使いであること以外にも、彼の隣に胸を張って立てるようなにかが欲しかった。

「だからセドリックさま。そんなわたしにプレゼントをください。魔法以外でもあなたのお役に立てるのだと、実感できる理由を」

「そういう謙虚なところが、君の素晴らしいところなのだがな」

「ふふ」

本当にセドリックはフィオナに甘い。いつも欲しい言葉をくれて、それがフィオナの力になっている。だからフィオナは、はっきりと告げた。

「クラウディオ殿下に会いに行きませんか?」

「フィオナ」

「時間はたっぷりあるのです。ですから、最初にほんの少しだけ。それであなたの心を晴らして、あとは気兼ねなく旅を楽しみましょう?　――色々終わったら、わたし、セドリックさまのお時間を独占してもいいのですよね？」

なんて少しだけいたずらっぽく笑ってみせると、ようやくセドリックも肩の力が抜けたらしい。表情が和らぎ、こくりと頷く。

「ああ、そうだな。君の貴重な時間をクラウディオ殿下にくれてやるのは惜しいが、まあ、国への義務だけは果たさせてもらうさ」

「はい」

「ありがとう、フィオナ」

そう言って彼は、感謝にしては甘すぎるキスをくれた。

たちまち頬に熱が集まり、フィオナは両手でそっと押さえる。

「ただ——その、ひとつだけ注意してくれ、フィオナ」

「なんでしょう？」

話はまとまったはずなのに、セドリックはとても言いにくそうにもごもご言い淀む。どうやらまだ心配事があるらしい。いったいなんだろうと思って、こてんと首を傾げる。

「件の殿下なのだが——なかなかに、交友関係が派手だと有名でな」

「交友関係が豊かなのはよいことでは？」

「そうじゃなくて」

セドリックは深々とため息をつき、言い切った。

「女性関係のことだ」

ぱちり、と、フィオナは大きく瞬く。

「気を付けてくれ」

「え」

「――いいか？　絶対に、気を付けてくれ」

いいや、自分はなかなかに地味な女で、そんな華やかな方に相手にされるとは思わないけれど、セドリックの目は真剣だ。

「えっと。……わかりました」

大丈夫だなんて軽々しく言えそうな空気でもなくて、フィオナはこくこくと頷いたのだった。


サウロへ使いを出して、翌日には早速クラウディオの見舞いに行くことになった。

フィオナはモスグリーンのデイドレスにしっかりと手袋をはめて、クラウディオの滞在する屋敷へと向かった。

セドリックもこの日はチャコールグレーのコートに、少し浅い色のトラウザーズを合わせている。華美ではないが、きちっとした印象でまとめているのは、相手が誰だかわかっているからだろう。

（早いうちに、互いの正体は明かしておきたいと仰っていたもの）

あなたがこの国の第一王子であることはわかっている。だから、腹を割って話そう――そんな方針でいるらしい。

緊張しながらも、サウロに迎えられ、その屋敷に足を踏み入れた。

屋敷といっても、フィオナたちが滞在している別荘よりやや大きい程度だ。この国の王子が住んでいると聞くと、誰もが驚くであろう素朴さである。

とはいえ、家中しっかりと手入れがしてあるらしく、木の温もりや、自然を感じる色合いのファブリックに包まれた空間は品もあり、ホッとするような優しさがあった。

そうして案内された居間に、彼はいた。

籐で編まれた土台の上にたっぷりとクッションが敷かれたカウチソファー。そこにのっそりと横たわる美貌の男性こそが、この国の第一王子クラウディオその人らしい。

大きな窓には薄い紗《しゃ》がかけられ、柔らかな光が部屋に差し込んでいる。その陽光で銀色ともクリーム色ともつかない淡い色彩の髪が照らされているが、寝乱れているせいかどこか締まりがない。表情にもやはり精彩はなく、気怠げな雰囲気だ。

今日は浅いグレーの詰め襟のロングシャツに、ゆったりとした上着を羽織っている。着心地がよさそうで、寛ぐための服装なのだろう。今にも目を閉じ、眠りについてしまいそうだ。

そんなクラウディオだが、夕暮れの海の色をした瞳をこちらに向けた瞬間、驚いたように瞬いた。

「君は、先日の――」

フィオナたちが誰なのか理解できたのだろう。彼はよろよろと上半身を起こした。そしてカウチにもたれかかったまま、こちらに目を向ける。

「横たわったままですまないね」

まだ具合が悪い様子だ。顔色が青白い。ただ、その物憂げな表情すらも美しく見える。

彼がさっと手を払う動作をしてみせると、サウロが両手を合わせて一礼し、退室していく。

「クラウディオ・シェロ・エメ・ナバラルだ」

居間に三人になったところで、早速目の前の男性――クラウディオが名乗った。てっきり隠すつもりかと思っていたため、驚きで目を見張る。

セドリックも同じ気持ちだったようで、怪訝な顔つきになった。

「はは。オズワルド殿下の右腕と名高い君に、今さら隠したところで無駄だろう？　最初から気付いていたのではないか？」

「それは、そうですが」

戸惑いつつも、セドリックもクラウディオの作った会話の流れに乗ることにしたようだ。

「リンディスタ王国ウォルフォード公爵家のセドリック・ウォルフォードです。そして、こちらは妻の」

「フィオナ・ウォルフォードです。殿下、お加減はいかがですか？」

挨拶とともに尋ねると、クラウディオは大きく頷いた。

「ああ、先日よりはすこぶる快調だ。わざわざ見舞いに来てくれてすまないな。わがままを言った。狭い屋敷だが、好きに寛いでくれていい」

そう言いながら、彼の手前のソファーに目を向ける。案内された通りにソファーに腰かけると、クラウディオは満足そうに微笑んだ。

「セドリックと呼んでも？」

さすが王族であるからか、いちいち物怖じしない。人をなかなか懐に入れることのないセドリックのもとへ、あっさりと踏み込んでくる。

「ええ、もちろん」

セドリックは意表を突かれたようで、なかば流されるように頷くと、クラウディオは大袈裟《おおげさ》に肩を竦めてみせた。

「先日は驚かせてすまなかったな。このところ、私の体調が思わしくないという噂は？」

「あまり表に顔を出されないとは聞き及んでおりました」

「そうだな。出たくても出られぬ。――まあ、今はこうして籠もっている方が性に合っていると思うようになったが」

クラウディオはまるで自嘲するかのような笑みを浮かべた。

カウチソファーに体を預けながら、髪をかき上げる。胸あたりまである長い髪を軽く梳かすその横顔にあまり生気はない。

顔色が悪いせいか、それとも本人の性格のせいか。ゆるりとした雰囲気のクラウディオは、表情こそ柔らかいが、なにを考えているのか読めないところがある。

そんな彼は気怠そうに、とつとつと話しはじめた。

「二年ほど前から体調が思わしくなくてな。何名もの医師に診てもらったが、原因はわからぬ。最初は思うように動けぬことに苛立《いらだ》つこともあったが、最近はこうして、ここでのんびりしているのも悪くないと思うようになった」

そう言いながらクラウディオは窓の外の景色に目を向けた。

大きな窓の向こうには、庭を彩る植物を額縁にして、白い砂浜と青い海が広がっている。この開放的な窓を開けたら、きっと潮の香りとともに波の音が聞こえてくるだろう。

のんびりとした時間が流れるこの部屋が、今のクラウディオにとっては最も心穏やかにいられる場所なのかもしれない。

それならば、都の中心街から離れたこの別荘街に居を構えていることも頷ける。

「だから、先日は驚いた」

クラウディオは微笑んだ。夕日が沈む海の色の瞳が真っ直ぐにフィオナを射抜いている。

「フィオナ、君に触れられてからすこぶる体の調子がよくなってな」

そう言いながらクラウディオは、懐から一枚のハンカチーフを取り出した。

そういえば彼の手に握らせて回収するのを忘れたまま、彼はサウロに連れられて帰ってしまったのだった。

「これは持ち主に返すべきなのだろうな。ありがとう。助かった。――謝礼は後で君たちの別荘に届けさせよう」

「お気遣い、痛み入ります」

差し出されたハンカチーフを受け取るために、フィオナは立ち上がった。そうして彼の前まで歩き、直接ハンカチーフを受け取ろうと手を伸ばす。その瞬間、唐突に手首を掴まれた。

「え？」

思った以上に強い力で手を引かれ、瞬いた。

すべてがスローモーションのように感じながら、気が付けばその場に膝をついている。ふと顔を上げると、クラウディオの顔が近付いてくるのが見えた。

これはだめだと、考える前に体が動いた。ソファーの縁に手をついて、どうにか距離を保つ。

クラウディオはフィオナの反応を見てから、口の端を上げた。目的を変えたようで、それ以上顔を近付けるようなことはない。しかし手だけは強く引っ張られ、手袋の上から恭しくキスをされた。

あまりの驚きで、完全に硬直してしまう。

「フィオナ、君は本当に可憐《かれん》だな。どうだ、今夜私と一緒に――」

しかも、軽口まで飛び出してくる始末だ。

「――っ！　クラウディオ殿下っ！」

フィオナの後ろから、セドリックの大きな声が聞こえる。ダダダッと、ものすごい勢いで近付いてきた彼は、強引にフィオナをクラウディオから引き剥がした。

「人の妻に、いきなりなにをするのですか⁉」

当然のことながら、セドリックの声は鋭い。フィオナは肩を掴まれたままズルズルと連行され、元のソファーに着く。

「はははは！　すまないな。奥方があまりに可憐でな。――だが、挨拶のようなものだろう？　そうカッカするな」

「します！　こちらは新婚旅行中なのですよ！　恩を仇《あだ》で返すような真似は、控えていただきたい‼」

セドリックにしては珍しく躍起になっている。絶対に離すものかとばかりに、彼に強く腰を抱かれた。ギュギュッと抱きしめられる腕は痛いくらいだけれど、フィオナはいまだに、目の前で起こった出来事を理解できないでいた。

（女性関係が派手だって仰ってたけれど、こういうこと⁉）

まるで空気を吸うかのように簡単に口説かれた。

根っこから誠実で、社交経験が圧倒的に足りないフィオナにとっては衝撃のひと言である。

手へのキスは挨拶のようなものだとはわかる。わかるが、彼のアプローチはそれだけに留まらなかった。

フィオナのことを可憐だと言った。いや、容姿を褒めるだけではない。今夜私と一緒に、と。一緒にとは、いったいなにを一緒にするつもりだったのだろうか。というか、あの時抵抗していなければ、顔のどこかにキスをされていた可能性があったかもしれない。

（セドリックさまが気を付けろと仰った意味がわかったわ……！）

社交界にはこういった軟派な男性が大勢いるのだと話には聞いている。ただ、フィオナにとっては初めての出来事でただただ驚いた。

おそらく口説くところまでがセットで、クラウディオにとっての挨拶のようなものなのだろう。そこに深い意味はない。そうに違いない。

フィオナはそう自分に言い聞かせ、己を抱き寄せるセドリックの手に、自分の手を重ねた。そこでようやくセドリックも少し力を抜いてくれる。

「なるほど、新婚旅行。それはおめでとう。夫婦仲もよいようでなによりだ」

「祝福の言葉をどうも。ですから、夫婦仲に積極的に罅《ひび》を入れないでいただきたい」

「ははは！　そこは己の魅力で繋ぎ止めておけ」

クラウディオはカラカラと笑ってから改めて体を起こし、こちらに向き直った。そうして顎に手を当てながら、やれやれといった様子で話し出す。

「実は先日は、かれこれ三カ月ぶりに外に出てな」

「三カ月ぶり？」

「そうだ。今は体がすこぶる軽いが、最近はなにをするにも億劫《おっくう》でな」

軽いと彼は言うが、今だってその顔色は悪い。これで調子がよいのであれば、普段はどれほど体調が悪いのだろうか。

「それでも、なにかに導かれるように外に出て、君と出会った」

ジッとこちらを見つめてくる瞳は深い。その夕日が沈む海のような色彩。

底が見えない、と思った。

セドリックに見つめられている時とはまた違う。セドリックにはいつもフィオナを理解しようとする誠意のようなものを感じているけれど、クラウディオの視線にあるのはおそらく――。

(興味?)

ただ、おもしろいかおもしろくないか。彼の好奇心を満たす相手であるかどうかだけを見ているかのような感覚だ。

「運命だと思った。君が触れてくれて、心の靄《もや》が晴れたような気がしてね」

また、口説くような言葉を軽々しく投げかけ、セドリックを挑発している。

きっと、たまたま近くにやってきたおもちゃのような扱いなのだろう。フィオナたちがどういう反応をするのか楽しんでいる節がある。

(なるほど、これは気を付けなければいけないわね)

いちいち真に受けるだけ無駄なのだろう。言葉遊びはほどほどに受け流すことにして、フィオナは純粋にクラウディオの体調だけを気にかけることにした。

「それはわたしと出会ったからでなく、外に出られて気分転換になったからではないですか?」

フィオナが女魔法使いであることは隠さねばならない。

だからフィオナは、単純にクラウディオの気の持ちようではないかと話をまとめることにした。

それからちらりと、セドリックに視線を投げかける。

（セドリックさまは、クラウディオ殿下と交流を持ちたいのよね？　なんだか、かなり雲行きが怪しくなっちゃったけど）

生真面目なセドリックにとって、自分の妻を口説かれるのはいい気がしないのは確かだ。ああも声を荒らげることなど、ほとんど見たことがなかったのだから。

（大丈夫かしら。――一応、今回の任務は様子を見てくることだけで及第点、なのよね）

もちろん、クラウディオが王太子として立つことが、リンディスタ王国にとっての最終目標であることもわかっている。しかし、新婚旅行中にそこまで求められても困る。

（なんだか、政治に対して前向きな印象はあまりないみたいだし）

これまでの話の節々に、クラウディオの思考は滲み出ている。

二年前まで華やかな場所にいた彼は、体調が悪化してこの別荘街にある家に移り住んだ。今は外に出るのも億劫だし、この家の中でのんびりしている方がいいと思いはじめている――といったところか。

だらんとカウチにもたれかかるクラウディオからは、怠惰で自堕落的な空気が漂っている。それを妖しい色気と感じる女性もいるだろうが、フィオナとしては「体調が整わないのは苦しいだろうな」と、思いを馳《は》せることしかできない。それ以上でも、それ以下にもなりようがなかった。

「つれないいな。私はこんなにも君にぞっこんなのに。君と出会って、その手に支えられてから変わったんだよ、フィオナ」

パチン、とウインクをされて、どう受け流していいのかわからず口を閉ざした。いや、スルーすればいいのはわかっているのだけれど、そのやり方がわからない。

ただ、フィオナの代わりにセドリックが積極的に返してくれる。

「殿下」

「はいはい、わかっているさ。君の夫はなかなかに嫉妬深いね。――でも、遊びたくなったらいつでも相手をするから言ってくれ」

「クラウディオ殿下！」

「おお、怖い怖い」

クラウディオは大袈裟に肩を竦めて、笑っている。ふたりして、すっかり彼のペースに呑まれっぱなしだ。

「しかし、気持ちの問題でもなんでもない。フィオナが私を救ってくれたのは事実だ。――だから、お願いだ。君たちがこの国に滞在している間、たまにここに顔を出してくれないか？」

突然の提案に、フィオナもセドリックもハッとする。

回り道をしてきたが、クラウディオにとってはこれが本題なのだろう。真剣な瞳を向けるクラウディオに対し、居住まいを正して向き直る。

「殿下がフィオナのおかげだと言い張る根拠はまったくわかりませんがね。軽率に妻を口説く相手のもとへ、私がむざむざ妻を向かわせると？」

「あー……心配だったら君がついてきても構わないよ。残念なことではあるが、我慢してあげよう」

「それが人にものを頼む態度ですか」

ぴしゃりと言い放つセドリックに対し、クラウディオは口の端を上げる。ちょっとやそっと強く言い返されたところで動じないらしい。むしろ上機嫌な様子でクスクスと笑いながら話を続ける。

「もちろんそれなりの礼はする。この国に滞在する間、第一王子の権力を使って君たちに色々融通してあげるよ。新婚夫婦ならそうだな——王立歌劇団のチケットはどうだ？　プライベートビーチも開放するし、会員制のカジノに社交場、どこでも繋いであげるよ」

次から次へと魅力的な提案が飛び出してくる。さすが、外交と商業に強い王子だ。

もちろんセドリックはそのような物理的な誘いにのるような人物ではないが、今回ばかりはセドリック側の事情もある。

「いや、君に対しては回りくどい交渉はやめにしようか。私と顔を繋いでおいた方が、君にとっても都合がいいんじゃないかい？　セドリック・ウォルフォード殿？」

「それは——」

見透かされている。リンディスタ王国にとって、クラウディオが王太子になってくれた方が色々都合がいい。そのことは筒抜けらしく、クラウディオは勝ち誇ったように目を細めた。

「オズワルド殿下の片腕、ということは、君も私が王太子になることを望んでいる。そうだろう？」

ここで返事をすると、国の総意として捉えられかねない。だからセドリックは口を閉ざすも、答えなどすでに向こうはわかっているようだった。

「でも残念ながら私は、今さらそんな面倒な立場に立つ気にはなれない。だから、こういうのはどうだろう」

クラウディオは妖しげに笑いながら、セドリックに向けて挑戦的な目を向けた。

「フィオナとここに見舞いにくるついでに、私をその気にさせてみるといい。――なに、フィオナが見舞ってくれるなら、体調もよくなりそうだし気分も晴れそうだ。なにかの拍子でうっかりその気になって、君が望む未来に繋がるかもしれない」

「フィオナが見舞ったとて、あなたの体調がよくなるとは限りませんけどね」

「まあ、それはそうかもしれないがな。可憐な女性を見るだけで、男というのはその気になる。そんなものだろう？」

「共感しかねます」

「なんだったらセドリック、君じゃなくてフィオナにその気にさせてもらおうか」

「っ、私がお相手いたします！」

「――なんだ、つまらん」

　わざわざ大袈裟に嘆いてみせて、すぐに人を食ったような笑顔に戻る。そんなクラウディオを見つめながら、フィオナは呆然《ぼうぜん》と考えた。

（わたしたち、本当にこの人と交渉なんてできるのかしら）

　底が見えないクラウディオという存在に尻込みしつつも、フィオナは頷く。そうして、セドリックの耳元で囁《ささや》いた。

「やりましょう、セドリックさま。わたしは大丈夫ですから」

　それを聞くなり、セドリックは複雑そうに眉間に皺を寄せ、吐き捨てるように呟いた。

「毎日ではなく、たまにですからね。我々が新婚旅行中だということをお忘れなく！」

「もちろん」

「あと、フィオナのことを馴れ馴れしく呼ぶのはよしていただきたく！」

「善処しよう。――なあ、フィオナ？」

そう言ってクラウディオはパチンとウインクをした。

まったくもって態度を改める気はないらしい。カラカラと笑う彼に圧倒されて、フィオナは硬直してしまった。

「これで当分飽きずに済むな」

クラウディオという男にとっては、フィオナたちは本当にただのおもちゃでしかないのだろう。

そう実感しつつ、彼の屋敷を後にしたのだった。

第四章　新婚旅行のはずだったのに

そうして、ナバラル王国での日々は始まった。

すっかり出鼻は挫《くじ》かれたものの、フィオナたちは早速ナバラル王国を堪能することにした。気持ちを入れ替えて、中心街を訪れたのである。

中心街は別荘街から馬車を三十分ほど走らせた場所にある。どこかゆったりとした雰囲気の別荘街とは違って、モダンな建物が建ち並ぶ先進的なエリアだった。

ナバラル王国の伝統建築と言えば白い建物で、昔の建物が神話をモチーフとした装飾がたっぷり入っている。しかし、この中心街を彩る建造物は全然違う。幾何学模様が彫り込まれ、デザイン自体はシンプルながらも色彩でメリハリをつけた印象的な建築物が多かった。どれもこれも見たことのない形の建築物ばかりで、ついきょろきょろしてしまう。

「すごいですね、セドリックさま」

「ああ、これほどとは」

リンディスタ王国の中心街とはまるで雰囲気が異なっている。集う人種も様々なようで、顔立ちも、肌や髪、瞳の色など、多様な人々が行き交っている。

ただ、この中心街には観光客や貴族が多いのか、皆、どこか身なりがよく落ち着いた雰囲気だ。フィオナたちもリンディスタ王国風の衣装に身を包んでいるが、浮いている様子はなかった。

周りの店は、服飾や宝飾、レストランなどが多い。他国の富裕層を相手にしているからか、店の入り口に立っている従業員もよく訓練されている。

もともとはこのエリアもかなり素朴な、伝統的な街並みが残る観光地だったが、すっかり様変わりしたのだという。モダンな建物ばかりで、つい珍しいものを見る目できょろきょろしてしまう。セドリックも様変わりした街を見るのは初めてのようで、興味深そうに歩いていく。

「ほら、フィオナ。おいで――」

そうして連れていかれたのは、宝飾品店だった。

普段からセドリックはすぐにフィオナに高価な贈り物をしたがるけれど、早速とは――と恐縮しつつも、店の中を見てハッとする。

ルビーやエメラルド、ダイヤモンドといった定番の宝石を使ったものの他に、店の目立つところにずらりと、優しい色彩の宝飾品が並んでいたからだ。

「綺麗……」

カメオである。母が愛したシェルカメオを中心に、赤い色彩を帯びたサンゴカメオ、メノウやトルマリンに彫り込まれたストーンカメオまで揃《そろ》っている。

フラフラと吸い寄せられるように商品棚の前まで歩くと、セドリックがすぐ隣で満足そうに笑っているのがわかった。

「君の好みに合いそうか？」

「はい。もちろん。……かわいい……！」

こくこくと頷きながらも、フィオナはすっかり目の前のカメオの数々に夢中になっている。

（こんなにたくさんの種類があるのね。あ――これ、お母さまが持っていたものに似ている）

懐かしい気持ちになり、フィオナは口もとを緩めた。

母はカメオを収集するのが好きで、特にブローチにしたものを数多く所有していた。いつもその胸に優しい輝きを宿していた母の姿を思い出し、フィオナは相好を崩す。

『いつか、あなたが似合うようになったら、とびっきり素敵なブローチを贈るわね』

ついぞその約束が果たされることはなかったけれども、今も心の中で大切な思い出として輝いている。

いつかカメオの似合う女性になりたい。幼いながらも、そんな将来を夢見て、フィオナはこれまでを生きてきた。少しはその夢に近付けていたらいいと思うが、どうだろうか。

フィオナは優しい表情を浮かべ、目の前に並んだカメオを見回す。

「どれも素敵ですね、目移りしてしまいます」

リンディスタ王国でも取り扱いはあるが、その比ではないほどに様々な絵柄が彫り込まれている。定番の神話を模したものや乙女の横顔の他、薔薇《ばら》などの豪奢《ごうしゃ》な花や葡萄《ぶどう》や木の実等の素朴な自然を感じる絵柄、それからウサギや鹿などの森の動物まで様々だ。

カメオと言えば、てっきり女性の絵柄というイメージがあったけれども、実際はとても自由で想像力豊かなものばかりだ。フィオナが刺繍を刺すのと同じ感覚で、それぞれ職人が頭を悩ませて絵柄を彫り込んでいるのだろう。ひとつひとつの作品に歴史と想いがこもっている気がしてとても親しみ深くなる。

「お気に召すものはございますか？　当店では職人と直にお取引をさせていただいており、オーダーメイドのお品もご用意できますよ」

「さすがナバラル王国ですね……！」

フィオナは目をキラキラと輝かせながら、職人の技を堪能する。

ナバラル王国と言えばシェルカメオの素材となるコーネリアンシェルがとれることも有名だが、それをそのまま国内で細工する技術も持っている。世界中に出回っているシェルカメオのほとんどがこの国で生産されていることはフィオナも知っていたが、実際目の当たりにすると、想像力溢れる作品の数々に圧倒された。

（この作品、女性の髪飾りの細やかさがすごいわ。単色でも、立体に段を重ねることで上品に、華やかに見えるのね。この技術、刺繍でも活かせないかしら――）

完全に、自分の趣味に繋げてああでもない、こうでもないと想像を膨らませる。自然と手が縫うような仕草をしてしまい、横でセドリックがくっくっと笑い声を漏らした。

「っ⁉　すみません、セドリックさま！　わたしったら、つい」

「いや、いいんだ。君が嬉しそうでなにより。好きなだけ堪能するといい」

セドリックは心底楽しそうに口もとを押さえている。

今日もやってしまった。この国にやってきてからずっとだ。初めて見るものや景色についはしゃいでしまう。

朱に染まった頬に手を当てて目を逸らすも、セドリックにも店員にもとても温かいものを見る目を向けられている。

今度こそお淑やかに商品を見ようと深呼吸するが、やはり素晴らしい意匠の数々を見るだけで、すぐに意識を奪われてしまったのだった。

――その結果。

「……お恥ずかしい限りです」

店を出るなり、フィオナはがっくりと肩を落とした。

このようなことは初めてだった。普段は遠慮がちで、自分からものをねだることもないフィオナが、勧められるままに次から次へと購入を決めてしまっていただなんて。

いや、店員だけでなく明らかにセドリックも加担していた。フィオナが気になる意匠について語るたびに『では、これも包んでもらおうか』と購入を決めていたのである。肝心のフィオナは、目の前の商品に夢中でセドリックの声すら届いていなかったのだ。

完全にやってしまったと思うのに、隣を歩くセドリックはずっと笑っている。

「フィオナは欲がないと思っていたが、なかなかに愛らしい一面が見られたな」

なんだかとても上機嫌だ。

「欲がないわけではないのですよ」

ただ、物欲という方向にはなかなか頭が働かないだけだ。口を尖らせてそう告げると、セドリックはますます嬉しそうに何度も頷く。

「わかっている。――でも、君が喜んでくれるのなら私も贈りがいがある。どうか、素直に受け取ってくれないか?」

「すみません」

「私が欲しいのは謝罪ではない。――わかってくれるな？」

ニマリと口の端を上げるセドリックを見上げながら、フィオナはこくりと頷いた。彼の意を正しく汲《く》んだフィオナは、彼と組んでいる腕にキュッと力を入れる。そうしてぴったりとくっついて、呟いた。

「ありがとうございます。大切にします」

「ああ」

セドリックは表情をくしゃくしゃにして、余っている方の手でフィオナの髪の束を掬《すく》い取る。そこに恭しく口づけを落とすと、フィオナだけでなく道行く人までが彼の姿に見とれていた。

（誰から見ても、本当に美しい人だから……）

国が違えど、セドリックの持つ魅力はそのまま伝わるらしい。まるで彫刻のように整った顔立ちに、太陽の光を受けて艶々と輝く黒い髪。吸い込まれるように深い菫色の瞳――どこを見ても完璧な旦那さま。こんな人に愛されているだなんて、今でも不思議でならない。

つい、ぽーっと見とれてしまうと、セドリックは少し照れるように笑った。

中心街をふたりで歩く。宝飾品店を皮切りに、小物や食器、家具店なども見て回り、モダンな商品と異国情緒溢れる伝統的なものが入り交じる街を楽しんだ。

どこもかしもが刺激的で、フィオナの創作意欲もどんどん膨らむ。一度別荘に帰って、今日見たものをスケッチするのもいいかもしれない。これからの新しい刺繍のアイデアがたくさん生まれそうだ。そんなことを考えながら街のあちこちを目にしている中で、あることに気が付いてしまった。

それは、煌《きら》びやかな街に馴染まない、この国のもうひとつの面とでもいえばよいのだろうか。

楽しそうに散策を続けるフィオナとセドリック。あるいは他国から来た観光客を、まるで物色するかのごとくに見回す男たちがいる。どこかくたびれた服に身を包んだ人間が、まるでこちらを見定めるかのような目で見つめてくるのだ。

煌びやかな街と路地裏の対比が目に焼きついて、ふと、足を止めてしまいそうになる。しかし、セドリックが強く引っ張ってくれて、フィオナはハッとした。

「――どこの国も、抱えている問題は同じだな。いや、ここは急激に発展した分、闇が深いのかもしれないが」

セドリックがぼそりと呟いた。

街を行き交う人々は様々だ。ただ、フィオナたちは身なりがよいだけでなく、周囲に誰も供を連れておらず、彼らにとっては格好の餌食なのかもしれない。

大勢行き交う街の人々の中で、おそらく狙いやすい対象として見られたのだろう。こそこそと後をつけられているような気配があり、一気に緊張感が高まる。

「せっかくのデートが台なしだな。さっさとケリをつけるか」

「セドリックさま？」

顔を上げると、セドリックは大きく息をついた。

「すまない、フィオナ。絶対に君に危害を加えさせないと約束するから、少し付き合ってくれ」

そう肩を竦めてみせてから、わざと人通りが少ない細い道に入る。建物の影のせいか周囲がかなり薄暗く感じ、緊張でフィオナの体が強張った。

セドリックの狙い通りなのか、後ろから近付いてくる足音が聞こえる。ひとつではなく複数だ。人通りの少ない石畳の道で、それらの足音が妙に大きく響いた。

ある程度大通りから離れたところで、セドリックは足を止めた。それからくるりと振り向き、フィオナを護るように一歩前へ出る。

「まったく、私の妻を怖がらせないでほしいのだが？」

眉を吊《つ》り上げ、低い声でそう宣言する。瞬間、対峙《たいじ》する男たちから野卑な笑い声が細い通りに響いた。

「随分格好つけているじゃねぇか」

「他国のお貴族様が偉そうに」

こちらに歩いてくる男の人数は四人。皆、フィオナたちとは明らかに人種が異なる男たちだ。どこかエキゾチックな印象で、その姿が誰かに重なった気がした。ただ、その誰かがすぐに思い出せなくて、フィオナは眉根を寄せる。

いや、今は深く考えている余裕はない。人数では圧倒的にこちらが不利だ。それに、荒事という場面ではフィオナはお荷物でしかない。

（どうしよう。――でも、ここに誘導したってことは、セドリックさまにも考えがあるのよね）

そう信じて、セドリックの背中をジッと見つめる。

絶対に彼の邪魔になりたくない。だからフィオナは、セドリックの一挙手一投足を見逃すまいと、身構えた。

「デートの邪魔をして悪かったな。だが、慈悲深いお貴族様に相談があるんだ」

「ちょーっとお恵みをもらえればいいだけだ。アンタたちにとって、そんなものははした金だろう？」

「なんなら奥さまのつけている宝石でいいぜ」

男たちはニタニタと笑いながらこちらと距離を詰めてきた。皆、懐からナイフを取り出す。その刃がギラリと光って、フィオナは息を呑んだ。

まさか刃物まで持ち出すとは。自然と体が震え、背中に冷たい汗が流れる。

「大丈夫だ、フィオナ」

しかし、セドリックの声は力強かった。厳しい表情をしたまま、手を横に伸ばしてフィオナを護ってくれる。そうして彼は冷ややかな目で男たちを睨《にら》みつけた。

「生憎、お前たちのような男にやるようなものはなにひとつ持ってなくてな」

「なに？」

「働きもせず他者から奪うことしかできない能なしどもに、くれてやるものはないと言っている」

セドリックの言葉に男たちの顔つきが変わった。四人がこちらを取り囲むために広がり、フィオナたちも一歩二歩と後ずさる。

「フィオナ、下がっていろ」

そうセドリックが言ったところで、四人の男たちが一斉に跳びかかってくる。問答無用で襲いかかられるとは思わなくて、フィオナは心臓が縮み上がる。

ギュッと体が強張り、考える前に叫んでいた。

「セドリックさま！」

「任せろ！」

セドリックは揺るぎなかった。一切振り返ることなく、男たちの動きに集中する。

ナイフをかざしたまま男が突っ込んでくる。それだけで呼吸すらできなくなり、フィオナは震える腕を抱きしめた。

悪い予感だけが膨らんでいく。咄嗟《とっさ》に目を閉じたくなるのを我慢して、セドリックを見つめた。

しかし、心配する必要などどこにもなかったらしい。

「甘い！」

セドリックはひらりと身を翻し、あっさりと男のナイフを避けた。そのまま男の右腕を引っ掴み、ぐるりと反転。背負い投げるようにして、男の体を地面に叩きつけた。

「ぐあっ！」

カエルのような鳴き声が響きわたり、他の男たちが顔色を変える。

「こいつ、できるぞっ！」

身ひとつで軽く相手をいなしたセドリックに対して、ようやく警戒心を持ったらしい。

「このっ、お貴族さまのクセに！」

そう言いながら突撃してきたふたり目もひらりと避け、肘関節に一撃を入れる。衝撃で体勢を崩した男のみぞおちに、追い打ちとばかりに回し蹴りを食らわせた。長い脚で描く軌道があまりに見事で、フィオナは口をぽかんと開ける。

そうしてセドリックは薄く笑いながら、他のふたりに目を向けた。

ふたりは後ずさるも、ちょうど騒ぎに気付いた街の人々が細い路地を覗き込む。

「強盗だ！　警備兵を呼んできてくれ！」

そんな人々に向かってセドリックが叫ぶと、道行く者たちが顔色を変えた。向こうで人々が慌ただしく騒ぎはじめる。

「この野郎！　黙りやがれ！」

いよいよ逃げ場がなくなって、顔を真っ赤にしたふたりが、タイミングを合わせて一斉に飛びかかってくる。頭に血が上っているのか目が爛々《らんらん》と輝き、もはや本気でセドリックを刺しにきていた。いくらセドリックが強くとも、ふたり相手は——と、フィオナは震えた。胸の前で手を強く握りしめる。

だが、セドリックは余裕の表情だった。口の端を上げながら、左腕を前にかざす。瞬間、轟音《ごうおん》が鳴り響くとともに、爆風のようなものが湧き起こった。気が付けば男たちはふたりして宙を舞い、そのまま地面に落下していく。

なにが起きているのかわからなかった。

まるでなにかが爆発したような音がしたが、地面も建物もどこも崩れていない。砂埃が舞い散る路地で、四人の男は倒れたまま動かない。

「——ふむ、少しやりすぎたか。まあ、デートの邪魔をしてくれたんだ。これくらいはな」

そう冷たく言い捨て、セドリックはパンパンと手を払っている。

「まさか」

オロオロしつつ声をかけると、彼はニマリと微笑みながら振り返った。

「君に負けていられないからな。私だってそれなりに訓練を積んでいる」

その言葉でようやく納得した。

魔法だ。セドリックの魔力本来の性質をそのまま活かした攻撃魔法。

フィオナの魔力は白。相手の魔力を整えて癒やす力があるとすれば、セドリックの魔力は紫だ。

ものを攻撃して破壊する力があると聞いている。

（勝手に炎や雷が出たり爆発したりするイメージを持っていたけど、ちょっと違うみたい）

目の前の光景を見つめながら、フィオナはぼんやり考える。

フィオナとは別に、彼もアランに師事しているとは聞いていたが、かなり自在に魔力を操ることができるみたいだ。可視化しにくいフィオナの力と異なり、セドリックの魔法はなかなかに派手だ。

魔法省に所属しているわけではないから、セドリックも魔法使いとして術式を覚えているわけではない。この魔法も純粋にセドリックの魔力の性質を利用したものにすぎない。それで、ここまでの威力を発揮するのだから驚きだ。

いくら中心街でも、リンディスタ王国と比べると治安がよくないと聞いていた。そんな中、セドリックが護衛不要だと言った意味がわかった。

セドリックは文官だという認識が強かったが、かなり荒事に対する適性があるらしい。フィオナの想像以上に戦い慣れていた。

「驚かせてしまったか？　すまない、昔の血が騒いでな。学生時代は、オズワルド殿下に手を出そうとする輩《やから》を追い払うのも私の役目だったんだ」

なんて、セドリックは少しいたずらっぽい笑みを浮かべている。

いったいどんな学生時代を送っていたというのだろうか。初めて知る彼の一面に呆気《あっけ》に取られるも、同時に安堵したらしい。急に膝に力が入らなくなって崩れ落ちそうになったところを、セドリックに抱きとめられた。

「おっと！　――怖がらせてしまったな。すまない」

「いえ、その」

「小さい頃からひと通りの護身術は叩き込んであってな。私には魔力もあるし、心配はいらない」

彼の体の動きに一切の無駄がなかった。もはや護身術の域をはるかに超えていたと思うが、フィオナはこくこくと頷くしかない。

「荒事に巻き込んですまなかった。君が狙われていたと思うとつい、な」

そう苦笑いを浮かべるセドリックを見つめているうちに、遠くから大勢の声が聞こえてきた。どうやら騒ぎを聞きつけた通行人が通報してくれていたらしい。

やってきた警備兵がセドリックに事情を聞き、その場に倒れていた男たちに厳しい目を向ける。なにかに納得した様子で、すぐに男たちを連れていこうとした。

「お、おおおれたちじゃない！　アイツ！　アイツが一方的に」

「西望の民の言うことなど信じられるか！　おとなしくついてこい！」

かろうじて意識があった男が声をあげるも、警備兵たちは聞く耳を持たないようだった。必死で言い訳を連ねる男が、ずるずると引きずられていく。それとともに、集まっていた野次馬たちもひとり、ふたりと減っていき、路地にはもとの静寂が戻ってきた。

「――西望の民？」

ふたり取り残されたところでフィオナはぽつりと呟いた。警備兵たちが吐き捨てるように言った言葉がどうしても気になったからだ。

「ああ、ナバラル王国が昔から抱える移民問題だな。西望の民は古くからの移民ではあるが、ここ最近ナバラル王国が急激に発展しているせいで、新しく入ってきた者たちと衝突を起こしている」

「移民問題……」

そうしてセドリックは詳しく教えてくれた。

西望の民は二、三世代ほど前に大陸の西からこの国へ移り住んだ、いわば古くからの移民である。ただし、この国でも人種が異なることを理由に、十分な職につけず、いわゆる貧困層となってしまっているらしい。

もともと保守的な考え方を持つ貴族が多いこの国では、先住のナバラル人と比べて十分な保障を得られなかった。それでも、この国を支える労働力としてこつこつ努力を続けてきた。

しかし、ここ十年ほどで事態が大きく変わった。他国との交流が盛んになり、様々な人種の人々が街を行き交うようになった。当然、取引も盛んになり、そのままこの国へ移り住む者が増えたのである。

それらの人々が活躍し、重要な職に就く一方で、西望の民への扱いはまったく変わらない。彼らは最下層の労働力で、どれだけ頑張ろうとも十分な金銭を得られない。結果として、西望の民が他の民族への敵愾心《てきがいしん》を抱きはじめているということらしい。

「私たちも他国の民だからな。あえてそういう人間を狙って、金を巻き上げているのだろう」

「そんな……」

荒くれ者たちによるただの強盗事件というわけではなかったのだ。その奥に、この国が内包する根深い問題があることを知り、言葉を失う。

「――知らない方がよかったか？」

セドリックの表情が少し不安げに揺れた。

この問題は少なからずフィオナの心を揺らす。そのことを理解してくれているからだろう。楽しい旅行の最中にする話ではない。そんな思いを抱きつつも、彼はちゃんとフィオナに教えてくれた。

「いいえ、教えていただけてよかったです」

だからフィオナは背筋を伸ばし、真っ直ぐにセドリックに向き直る。凛《りん》としたフィオナの姿を見て、セドリックはホッとした様子だった。

セドリックが言っていた通りだ。この国が抱える問題は、リンディスタ王国が抱える問題でもあるのだろう。次期公爵にして王太子オズワルドの右腕であるセドリックにとっては、日夜向き合い続けている事柄だ。

フィオナは彼を支えていきたい。そのためには、彼が抱える問題を見て見ぬふりはできない。ナバラル王国での出来事だとしても、ちゃんと向き合いたい。そう思えた。

「私はいい妻を持ったな」

（わたしも、あなたに相応しい妻でありたいのです、セドリックさま）

しみじみと呟くセドリックの表情を見て改めて心に誓い、フィオナも目を細めた。

とはいえ、思いがけない事件に巻き込まれたのは最初だけ。その後は穏やかなものだった。

西望の民の中で、セドリックについて噂が流れたのか、中心街に出た時に遠くから視線を感じることはあっても、以後接触はなかった。

セドリックは実に印象的な風貌をしているから、あの男に近付くなという注意喚起が回っているのかもしれない。

「変に絡まれぬように筋肉でもつける必要があるかとも思ったが、大丈夫だったな」

などと珍しく冗談まで言ってセドリックは笑っている。

見た目に変化が出るほど筋肉をつけたセドリックの姿を想像して、フィオナもつい噴き出してしまった。

そうして別荘街と中心街を行き来しながらナバラルを堪能して七日目のことだった。フィオナはセドリックと相談して、ある訪問先へ向かうことにした。

クラウディオの屋敷である。

「——ようこそおいでくださいました」

前回と同じく、両手を胸の前で合わせながら出迎えてくれたのはクラウディオの下僕と称するサウロだった。少し浅黒い肌に、焦げ茶色の髪が印象的な男性だ。

一礼した彼が顔を上げた瞬間、フィオナは既視感を覚えた。肌や髪の色は違えど、どことなくこちらを睨みつけるような視線に、なぜか先日の男たちの姿が重なったからだ。

異国情緒溢れる顔立ちが、そう思わせるのかもしれない。ぱちぱちと瞬きしつつも、フィオナは彼についていくことにする。

そうして前回と同じ居間に通される。その際、フィオナはしっかりと覚悟を決めた。

今日こそはクラウディオのペースに呑まれてなるものかと、事前にセドリックと作戦を立ててきたのである。

しかし、またも出だしから調子が狂うことになる。今日も早速クラウディオの軽口が飛び出してくるかと身構えるも、当のクラウディオが声をかけてこないのだ。

というよりも、フィオナたちのことなど気にも留めていない。彼は前回と同じカウチソファーに横たわったまま、ぼーっと外の景色を眺めていた。

窓が開いており、海風が薄いカーテンを揺らしている。爽やかな陽気が感じられるものの、部屋の中はどこか空気が重たい。

（いったいどうしたのかしら、クラウディオ殿下は）

さやさやと吹き込む風に、彼のクリーム色がかった銀髪が流れた。目にかかって鬱陶しいだろうに、それを払うこともなく、ぼんやりとしている。

それは少し、異様な光景だった。セドリックと顔を見合わせたまま、クラウディオのそばに歩いていく。

入り口の方では、サウロがジッとこちらを見据えていた。困惑して一度サウロに視線を投げかけるが、表情の変化は見えない。相変わらずのつり目でこちらを観察するように見つめた後、あえて立ち去ることにしたらしい。やがて部屋の中は三人だけになる。

主の命令もなく、外部の客だけ残していいものなのだろうか。困惑するも、それがサウロの判断なのだとしたら問題ないのだろう。フィオナは気を取り直して、クラウディオと向き合うことにした。

（この間よりも随分と顔色が悪くなっているわ。なにをする気力もない――みたいなことを仰っていたけれど、もしかしてこの状態が？）

気鬱と呼べるような限度を超えている。

心がざらついた。だって、先日のクラウディオとはあまりに違いすぎる。

フィオナたちがこんなにそばに近付いているというのに、クラウディオはこちらに目を向けることすらしない。眠っているのか――いや、きっと起きているとは思われるが、フィオナたちのことは視界の端に映る蝶々《ちょうちょう》程度の存在にしか見えていないのだろう。

「クラウディオ殿下、ごきげんよう」

恐る恐る語りかけてみる。けれども、彼は軽く視線を動かしただけで、すぐに目を閉じた。そのまま起きているのか眠っているのかすらわからなくなってしまう。

困惑してセドリックに視線を送るも、彼も難しい顔をしたまま考え込んでいた。

(本当に具合が悪いのね。以前の軽口が嘘のよう)

さすがに心配になり、フィオナはクラウディオの手を握る。直接魔力を送るようなことはしないが、彼に刺繍入りのハンカチーフを握らせ、その日は屋敷を後にすることにした。

そうして、さらに翌日のことである。

またも別荘にサウロがやってきて、クラウディオからの手紙が届けられた。内容は昨日の体調不良に関する謝罪である。一日経ってどうにか体調が整ったようで、よければこの後屋敷に来ないかという誘いだった。

昨日は満足に見舞えなかったし、セドリックと相談して早速訪問することにした。

「昨日はすまなかったね。君たちが来てくれたことはわかったが、どうも返事をする気力すら湧かなくてな」

そう言うクラウディオの顔色はまだまだ悪い。今は起き上がるのがやっとのようで、カウチソファーにもたれかかりながら、なんとか上半身を起こした。ただ、昨日渡していたハンカチーフの効果があったのか、簡単な会話程度はできそうだ。

「いえ。――あの、クラウディオ殿下、本当に大丈夫なのですか？　お眠りになっていた方が」

「ずっと眠ってなどいられないさ。君たちと話すのは気が紛れそうでいい」

そう言いながらクラウディオは、サウロに下がるように手を振る。

「あっ、サウロ。もしよろしければ、お湯を用意してもらえないかしら」

そこでフィオナはサウロに声をかけ、ひとつ提案をした。実はセドリックと相談してクラウディオにお土産を用意してきたのだ。

「リンディスタ王国のメヒナというお茶を持ってきました。気分をリラックスさせる効果があるので、よければと」

「そうなのか。ならば是非いただこう。――サウロ」

サウロはわずかに怪訝な顔つきをしたが、すぐに言葉を呑み込み一礼して去っていく。その間にフィオナは、持参したティーセットを広げていった。

お茶にはそれぞれ適した茶器というものがある。クラウディオの屋敷にもきっとひと通り揃っているだろうとは思っていたが、あえて持参したのだ。

クラウディオの気分をよくするために、爽やかさを感じる明るい絵柄の茶器にした。真っ白さが際立つ磁器の縁には淡いブルーの小花の絵が描かれている。その周囲を鮮やかな若草色の葉が彩り、瑞々しさを感じる意匠だ。少し女性的すぎる気もするが、このメヒナというお茶の味わいにイメージが合うと思ったのだ。

茶器を広げてから、別途用意した茶菓子も器に移した。わざわざお茶の道具一式を持ち込むのもどうかなと思ったが、クラウディオは気分を害したりしていないようだ。それどころか、どこか興味深そうにこちらを見つめている。

「随分と慣れているな」

「自分で淹れるのが楽しくて。あ、セドリックさまは蜂蜜をお入れになりますよね？」

「ああ、頼む」

セドリックの好みは熟知している。爽やかな味わいのこの茶葉は、ストレートで飲むのが一般的だが、蜂蜜入りも好まれる。甘い物が好きなセドリックは後者で、ほんのりと香る程度の蜂蜜を混ぜ込むのがいいらしい。

「クラウディオさまは、まずはストレートでお試しになってください。お好みで、後から蜂蜜を」

説明しながら、慣れた手つきで茶葉をティーポットの中に投入する。ちょうどそこでサウロが湧かしたお湯を持ってきてくれた。

「ありがとう、サウロ」

礼を言いながら、フィオナはそっと手袋を外した。こうした方が格段に魔力を通しやすいからだ。

原因不明のクラウディオの体調不良。彼の主治医がその原因がわからないと言うのであれば、フィオナたちにわかるはずもない。ただ、原因がわからずとも、フィオナの魔力なら癒やせる可能性がある。

（魔力を直接送って癒やして差し上げられたら一番いいんだけど）

さすがにそこまで踏み込むのは危険だ。だから、こうして間接的に力を送ることしかできない。

正直、昨日のクラウディオの様子は衝撃的だった。

なんの気力もなく、ただぼんやりと寝て過ごす。以前の彼はこの暮らしも悪くないと言っていたけれど、昨日の様子は明らかにおかしかった。おしゃべりしていた時の彼と違いすぎて、意識がどこにあるのかちっともわからない。

ただ、あの状態の彼を放っておけるはずがなかった。

魔力の糸を伸ばすことを意識しながら、ティーポットにお湯を注いでいく。クラウディオの体調が整うように、そして少しでも快適に過ごせるようにと。

ポットにお湯が満ちると、フィオナは包み込むようにしてティーポットの側面に触れ、さらに魔力を流し込む。その祈りはティーポットを包み込み、お茶に優しく溶けていった。

「——随分と真剣に淹れてくれるんだな」

「殿下のお口に入るものですから」

そう言ってにっこり笑っている隣で、サウロが動いた。

「失礼」

すっとフィオナの隣に立ち、持参したティーカップを手に取って凝視している。

このお茶には薄めのカップだとより口当たりと香りが滑らかになる。リンディスタ文化らしい形のものを持参したが、興味を持ってくれたのだろうか。

（その割には、随分と難しい顔をしているけれど）

きょとんとしていると、サウロはそのカップにもお湯を注いだ。カップを温めるためなのか、さっと別の容器にお湯を移し、丁寧に元のカップを拭く。それから別の容器に移したお湯を口に含んだところで、フィオナは彼がカップの絵柄を見ていたわけではなかったことに気が付く。

毒見だ。フィオナがお茶や食器に毒を盛っていないか、確認しているのだ。

ぽかんとしていると、サウロは納得した様子で大きく頷く。

「問題ありません。——こちら、返却いたします」

「あ、はい」

呆気に取られたところで、用意していた砂時計の砂が落ちきった。

サウロからティーカップを受け取り、ゆっくりお茶を注いでゆく。ふんわりと優しい香りが部屋に満ちることで緊張が解け、フィオナの頬も自然と綻んだ。

「失礼、こちらにも少々」

けれど、そこに再度サウロの手が伸びてきて、小さな器を差し出してきた。紅茶の方も確認させよということなのだろう。

(王位継承争いが激化しているって聞いたけれど、こんなことまで)

やはり相手が王族で、しかも王位継承権争いのまっただ中であることを実感する。ピリピリとした空気を感じ取り、フィオナはごくりと息を呑んだ。

緊張しながらもサウロの器にお茶を注ぎ、彼の反応を待つ。

サウロはまずは匂いを嗅ぎ、くるくると器を回して色を確認してから、ほんのわずか口をつける。

そうして舌の上で転がすように味を確認していたようだけれど、唐突になにかに気が付いたらしい。

ハッとするように目を見開き、眉根を寄せる。それから怪訝な顔つきで残ったお茶を見つめ直し、考え込むように口を閉ざした。

「……あ、あの。なにか？」

毒見であるなら、サウロも自分の命をかけているわけで、厳しい表情になることは理解できる。けれども、思った以上にサウロの表情が厳しくて、フィオナの淹れたお茶に問題でもあったのかとオロオロしてしまう。

（緊張して渋みが出ちゃったかしら。——でも、そんなお茶を淹れる時は特別だ。美味しくなれと祈りを込めながら淹れて、失敗することはほとんどない。そわそわしながら審判の時を待つと、サウロはフィオナの方に向き直り、恐る恐る訊ねてきた。

「あなたさまは、もしや——」

「え？」

「——いえ、なんでもありません。失礼いたしました」

どう考えてもなんでもない反応ではないのだが、これ以上掘り下げるのは怖い気がする。だからフィオナはなにも反応できずにいると、サウロがクラウディオに向かって大きく頷いてみせた。

「こちら、どうぞ。クラウディオ殿下」

サウロがクラウディオの近くにあるローテーブルに、ティーカップを移動させようとする。

「いや、いい。そちらに行く」

それを押しとどめて、クラウディオはゆっくりと立ち上がった。

クラウディオのクリーム色がかった銀髪が揺れた。

こうやって近くで立っているところを見ると、不思議な気持ちになる。セドリックもかなり背が高い方だが、クラウディオは彼よりもなお長身だった。ただ、彼の持つ柔らかい雰囲気のせいか、長身による圧迫感のようなものは感じない。

そんな彼はよろめきながら、テーブルの方へと移動する。サウロに支えられながら席に着くと、フィオナの淹れたお茶を嬉しそうに自ら引き寄せた。

「茶会など久しぶりだな。ほら、ふたりとも、席に着いてくれ」

誘われるままに着席する。もうサウロが毒見をしてくれているが、なにも入っていないことを証明するためにか、セドリックが真っ先にお茶に口をつけた。

「どうぞ」

一緒に持参したフィオナお手製のケーキも同じように口をつけ、勧めている。当然のようにサウロが毒見を済ませてから、クラウディオも続いてティーカップを手に取った。

「ああ、これはいいな」

まずはお茶だ。スッキリとした味わいのメヒナは、クラウディオの好みに合ったらしい。目を閉じ、じっくりとその味を堪能している。

「気分をリラックスさせるか。ふむ、もともとの茶の味もよいが、フィオナが淹れてくれたからー―」

「クラウディオ殿下」

「くくっ！　少しは口説く暇をくれないか」

「差し上げるはずがないでしょう」

まさに間髪を容れずといった様子だ。

（セドリックさま、今日とっても気合いを入れていらっしゃいましたものね）

やはりクラウディオという存在は脅威らしい。狼の紋章を持つウォルフォード家の人間らしいと言うべきか、身内への愛情は非常に強い。

（狼と言うより……ええと、失礼ですけど、その……）

毛並みの綺麗なわんちゃんみたい、と思ったのは秘密だ。クラウディオを絶対にフィオナに近付けないという強い意志を感じる。

そんな使命感に充ち満ちた様子のセドリックに対して、クラウディオは実に楽しそうだ。これはフィオナを口説いているというよりも、口説くことでセドリックのツッコミ待ちをしている気がする。

（セドリックさま、今日も殿下のおもちゃになっちゃいますよ……！）

結局、クラウディオが相手になると、どうもセドリックは主導権を握られっぱなしなのだ。

ふたりでやいのやいの言い争いが始まっているが、クラウディオが気を悪くしている様子はない。というか、先ほどまでしゃべることすら億劫そうだったのに、今は舌がかなり回ってきている。虚ろだった目には光が宿りはじめて、会話を楽しむ余裕が見えてきた。

お茶に混ぜ込んだ魔力が効いてきているのか、はたまたセドリックとの会話のおかげかはわからない。

（クラウディオ殿下のご病気、本当になんなのかしら？）

医者も匙《さじ》を投げるものを、フィオナが予測できるはずもないのだが、不思議でならない。ただ、セドリックとぽんぽん会話している光景を見るのは、なんだかとても楽しかった。

間を空けると、クラウディオの容態が一気に悪化する。それに気が付いてからは、できるだけ毎日彼の様子を見に行くことにした。

先日見た虚ろなクラウディオの様子はセドリックにとっても衝撃だったらしく、彼も毎日の訪問には賛成してくれている。いちいちクラウディオがフィオナを口説き、それにストップをかけるセドリックという流れもすっかりお馴染みになってしまった。

すっかりやり込められているセドリックだが、彼が唯一クラウディオを打ち負かせるのは、キャンティネンというボードゲームである。

意外というか、考えてみればしっくりくるというか、セドリックは様々なボードゲームを得意としているようだ。もともと頭のいい人だから納得ではあるが、学生時代にオズワルドやアランと一緒にかなり遊び倒していたらしい。

（学生時代のセドリックさまって、活発でいらっしゃったのね）

荒事も得意のようだし、今とは雰囲気が違ったのかもしれない。

普通の男の子のような一面を見つけるたびに、微笑ましい気持ちになるのは秘密だ。

新婚旅行のはずが、すっかりクラウディオの見舞い旅行みたいになってしまっている。

さすが外交と商業に強いクラウディオだけあって、彼の話はおもしろく、セドリックも興味津々だ。とはいえ、穏やかに談笑していたと思えば、唐突に意見のぶつかり合いも発生する。ハラハラすることもあるけれど、それも含めてふたりは会話を楽しんでいるようだ。

ふたりがぽんぽんと会話するのを聞くのは心地いい。最初こそ底の見えない笑みを浮かべていたクラウディオだったが、たまに表情が緩む瞬間があって、回復の兆しが見えるのも喜ばしかった。

当初の予定とはかなり違ってしまっていたけれど、なんだかんだ三人で過ごすこの時間は楽しい。彼の紹介でナバラル王国の観光地も色々巡れたし、ゆっくりした旅を満喫できているのではないだろうか。

ただ、困ったことがないわけでもなかった。

「ようこそいらっしゃいました！」

「さあさあ、どうぞ」

この歓迎っぷりである。クラウディオの従者と言えば常にサウロがそばに控えているイメージはあったが、そこはさすが王子、隠れ住んでいるとはいえ使用人の数もそれなりにいる。そんな彼らが、フィオナとセドリックが顔を出すたびに大歓迎してくれるのだ。

「フィオナさま、いつも美味しいお土産をありがとうございます」

そうやってお礼を言ってくるのは、使用人の中でも比較的若い女性だった。

十代後半だろうか。フィオナよりやや年若く、今まさに大人になろうとしている少女の瑞々しさのようなものがある。使用人たちにも、よく菓子を土産として渡しているからだろう。数多くの使用人の中でも、彼女はことさらフィオナに親しみを向けてくれていた。

そんな彼女がこっそり教えてくれた。実はサウロをはじめとして、この屋敷には西望の民が多く雇われているのだと。

ただ、彼女たちは中央街で目にする西望の民とは少し雰囲気が違い、動きが洗練されている。一朝一夕で身につくようなものではなくて、長くこの屋敷に仕えているからこその仕草だ。

同時にどこか気安さもあって、彼らにとってクラウディオがどのような主人であるかがよくわかった。実際、目の前の彼女もクラウディオに対して恩義があるのだと話していた。

彼のことをとても慕っているのだろう。だからこそ、クラウディオの体調がよくなった要因と考えられるフィオナたちにも真っ直ぐに感謝を向けてくれる。

「ウォルフォードさま、ありがとうございます。あなた方のおかげで、主の顔色が随分とよくなって」

「最近は懇意にしていた商人と連絡を取ることも増えてきたのですよ。無気力だったあの方があんなに精力的に――お二方のおかげです」

持ち上げられすぎな気もしないでもないが、クラウディオの変化はやはり、大変喜ばしいものだったのだろう。皆、表情が明るく、瞳がキラキラと輝いている。

（どうしてクラウディオ殿下の容態がよくなったのかまで、深く追求されなくて助かっているけれど）

当然、フィオナの魔法のことは曖昧にしたままだ。

一方で、クラウディオの病気の原因は、なんとなく見えてきた。

おそらくだが、魔法だ。

毎日セドリックと話をする中で出てきた説である。むしろ、それ以外に考えられない。

魔法省という組織が存在しているリンディスタ王国と比べて、ここナバラル王国は魔法使いを直接縛る法律や組織がない。この国の先住民であるナバラル人が、魔法使いが生まれにくい人種であり、魔法文化が育っていないのだ。

だからこの国で魔法の才を持つ者が、きちんとした魔法使いになるためには、直接、世界魔法師協会『叡智の樹』に所属するしかない。

しかし、肝心の叡智の樹と繋がりを持つルートが確立されていないのだ。結果として、きちんとした魔法使いの育成が行われる機会もない。ゆえに、ナバラル王国は優秀な魔法使いの確保が十分にできていないらしい。

魔法使いの層の薄さが原因で、この国が保有する魔法についての見識が圧倒的に足りない。第一王子であるクラウディオを苦しめているものが魔法であることを特定できていないのもそのせいだ。

もちろん、フィオナは魔法使いとしては未熟で、クラウディオに魔法がかけられているのか否かもはっきりと言い切れない。

でも、魔法が不可思議な影響を人体に及ぼす可能性があることは、身をもって知っている。説明がつかない不思議な体調不良、それが魔法によるものだとすると筋は通る。

惜しむらくは、原因が見えたからと言って、それをクラウディオやその使用人たちに伝えることができないということだ。フィオナの存在が、彼にかけられた魔法を緩和しているという事実を悟られるのだけは避けたい。

ゆえに、セドリックとフィオナが訪問することで、クラウディオの気分転換になっているからという曖昧な説を押すしかない。

とはいえ、クラウディオの劇的な変化は事実らしく、この屋敷の使用人たちがフィオナを逃がすまいと躍起になっているのだ。

結果として、毎日毎日、屋敷を出るまでの足止めがすごい。

「ウォルフォードさま、本日は昼食をご用意しております。是非、殿下とともに召し上がっていってくださいませ」

などと先回りされてしまえば無下《むげ》にはできない。一日、二日だったらまだよかったが、それが毎度のことなのである。

「すまない、この後は妻と一緒に街に出る予定だ。せっかくナバラルに来たのだ。もう少し色々な場所を堪能しておきたくてな」

旅行期間はおよそ三週間――いや、行き帰りの日数を差し引くと二週間ほどだ。なんだかんだ、この国にいられるのもあと数日。フィオナはともかく、このところセドリックがもどかしそうにしているのも感じていた。

『――向こうに着いたら、君の時間をもらっても？』

ふと、行きの馬車での彼の言葉を思い出す。

あの真剣な眼差しに、いまだに囚われたままだ。フィオナの手を取って、愛おしそうに見つめる彼の姿。

初めて彼と一緒に砂浜を歩いたあの日、彼はフィオナになにかを告げようとした。結局、すぐ近くでクラウディオが倒れてなあなあになったままだけれども、彼はなにを言おうとしていたのだろうか。

新婚旅行に来たというのに、ついクラウディオの治療のことに頭が行きがちで、セドリック自身の話にはならない。

クラウディオの見舞いに関してはふたりで決めたことではあるけれど、もう少し新婚旅行らしい雰囲気になってもいいのではとも、フィオナは考えている。

少なくとも、セドリックはフィオナに言いたいことがあるのだ。それを聞くことで、自分たちはもう一歩前に進むことができる。そうしたら、彼と今以上に夫婦らしくなれるかもしれない。

この旅を通して、フィオナは今まで知らなかったセドリックの一面をたくさん見つけることができた。でもあともう少し、踏み込みたくても踏み込めないなにかがある。そんな気がする。


そして、とうとう事件は起こった。

リンディスタ王国に向け帰路につくまであと二日というタイミングで、ウォルフォード家の従者のひとりが顔色を変えて別荘に帰ってきたのだった。

「――なんだって？　帰国申請が取り消された？」

そんな馬鹿な話があるものかと、セドリックは従者が持ち帰ってきた手紙に目を通す。

正確には、ナバラル王国の外務の仕事を取り締まる部署から、話があるからまだ帰国をしないでくれないかというお願いの手紙が来たらしい。

「こんな馬鹿な話があるか」

さすがにセドリックも驚いたようで、何度も手紙の内容を改めている。

申請が取り消されたといっても、こちらに法的な問題があるわけではないようだ。手紙も高圧的な文面ではない。

ただ、リンディスタ王国の高官であるセドリックと直接会って挨拶をしたい。その日まで、滞在を延ばしてくれないか――というお願いを、帰国手続きを却下するという乱暴な形で実現してきたわけである。

「……まさか」

いくらセドリックと話がしたいといっても、やりようはいくらでもある。

これはどう考えても、フィオナたちの足止めをするのが目的だ。そして、こちらの不興を買ってまでそれを実現して喜ぶ人と言えば限られている。

セドリックは震える手で手紙を封にしまい込んだ。そうして彼は煮えたぎる思いを抑えることができずに、すぐに別荘を飛び出そうとする。

「セドリックさま！」

フィオナも慌てて追いかけて、彼と一緒に馬車に飛び乗った。

「わたしもご一緒させてください」

たどり着いたのはクラウディオの屋敷である。事前の連絡なしの突然の訪問に、使用人たちは驚いた顔を見せるも、すぐにクラウディオに許可を取ってくれる。そうしてフィオナたちは、いつもの居間へ向かった。

「クラウディオ殿下！」

さすがに我慢がならないと、セドリックが声を荒らげた。フィオナは彼を追うように部屋へ入るも、セドリックの剣幕にオロオロすることしかできない。

「いったいどういうことですか、帰国の邪魔をするだなんて！」

「――なに？」

しかし、クラウディオの反応は思っていたものと異なっていた。カウチソファーに寝そべった彼はこちらに向き直り、優雅に座り直す。

今日のクラウディオは随分と顔色がよかった。毎日彼へ、珍しいお茶を淹れる名目で魔力を注ぎ続けたからだろう。すんなりと起き上がることもできるようになっている。

気怠げな様子は相変わらずだが、それは彼のもともとの性格なのだろう。人を食ったかのような笑みを浮かべ、こちらの話を促す。

「わざわざ国を動かしてまで足止めをして、楽しいですか」

「国を？」

「しらばっくれるな！　あなたの体調のことは気の毒に思います。だからといって、我らをこの地に縛りつける気か」

セドリックの言葉に、クラウディオは表情をしかめた。いつものように手を払う動作をして、サウロたち使用人を退室させる。

周囲に人の気配がなくなったのを確認してから、クラウディオは珍しく険しい顔をしてみせる。

「それはどういうことだ。詳しく説明しろ」

「は？　――まさか、知らないとでもいうのですか？」

「知らん。だから、説明しろ」

はっきりと言い切られ、セドリックが絶句する。そうして、届いた手紙の内容と、まさか国に足止めされるとは思わなかったという苦言をひとしきり言葉にした。

眉間に皺を寄せていたクラウディオは、ひと通り話を聞いたところでふぅーと大きく息を吐いた。

そうしてなにかを考え込むように額に手を当て、おもむろに立ち上がる。

「なるほどな。――セドリック、少しいいか」

わざわざセドリックだけを呼び寄せ、フィオナと距離を取る。そうしてふたり背中を向けたまま、ひそひそとなにかを話し合いはじめた。

（もしかしなくても、わたし、お邪魔かしら）

彼らの話を聞かないように、あえて意識を外の景色に向けていると、突然セドリックの怒声が聞こえてきた。

「っ、そんな馬鹿なことが成立すると思うか！」

声のあまりの大きさにフィオナはビクッと震えて、つい彼らに視線を向けてしまう。セドリックが顔を真っ赤にしながらクラウディオを睨みつけるも、当のクラウディオはどこ吹く風だ。涼しげな顔をしながら、セドリックを流し目で見ている。

「――思うわけがなかろう。だが、向こうは本気だ」

そう言いながら、今度はフィオナの方へ歩いてくる。

普段のおもちゃを見るような視線とは少し違っているように思えた。

なぜだろう。夕日が沈む海の色をした目に、随分と真剣な色が浮かんでいる。どうしても動けなくなってしまって、フィオナもまたクラウディオのことを見つめ続けた。

「フィオナ」

唐突に手を掴まれ、目を見開く。次の瞬間にはぐいっと強く引っ張られ、クラウディオに抱き込まれていた。

「――――っ⁉」

あまりに突然のことでなにも反応ができなかった。

目を白黒させながら彼の顔を見上げると、微笑むクラウディオと目が合った。いつもの人をおもちゃにしている時の表情とは全然違う。優しげで、どこか切なそうな表情が垣間見え、戸惑う。あろうことか、彼はそのまま顔を寄せてくる。フィオナは呼吸することも忘れ、目を見開いた。

(こ、これって、キ、キス——⁉)

それだけは理解でき、一拍遅れて体が動きはじめる。

だって、だめだ。それだけは絶対に。

「やめてください！」

ドンッ！と両手を突き出すことで、どうにか彼と距離を取ろうとする。しかし、いくら病床に伏せっているとはいっても、相手は大人の男だ。簡単には離れてくれない。

「どうだ、フィオナ？　あんなつまらぬ男はやめて、私と結婚し直す気はないか？」

フィオナは戦慄した。なにを言われているのかわからなくて、唇を震わせる。

とにかく、今はクラウディオと離れないといけない。その思いだけがフィオナを突き動かし、身を捩《よじ》る。

再び目が合った。いつになく真剣な眼差しに射抜かれるも、フィオナは恐怖する。いよいよ涙目になりそうなところで、セドリックが駆け寄ってきてくれた。

「なにを馬鹿なことを言っているのですか、クラウディオ殿下っ！」

愛しい人の声に、心からホッとする。そうだ、セドリックの言う通りだ。クラウディオの言葉に囚われてはいけない。

彼がつまらないなんてありえない。フィオナにはセドリックしかいない。だから、このようなとんでもない提案、呑めるはずがない。それなのに、当のクラウディオはフィオナを離してくれる様子がなかった。

「いい加減にしろ！　クラウディオ‼」

言葉遣いも忘れて、セドリックが叫んだ。いよいよ我慢がならないと、セドリックがクラウディオとの間に割って入る。そして力任せに引き剥がした。

「このっ……！」

フィオナが離れたことを確認し、勢いのままにバッと拳を振りかぶるも、それを突き出す前に我に返ったらしい。

ぷるぷるぷると、握り込んだままの拳が震えている。だって、相手は友好国の王子だ。危害を加えることなど許されるはずもない。

「クラウディオ、か。随分頭に血が上っているじゃないか」

逆上するセドリックを前にしても、クラウディオは冷静なままだった。

わざとセドリックの神経を逆撫でするかのように、振り上げられた拳を自らの手で包み込む。それを焦らすようにゆっくりと下ろし、にっこりと胡散臭《うさんくさ》い笑みを浮かべてみせた。

「リンディスタでは冷酷と有名な次期公爵さま、だったか？　噂と違ってなかなかに激情家だったのだな」

「あなたがフィオナにちょっかいを出すからでしょう！」

セドリックが声を荒らげるも、カラカラカラと盛大に笑っている。

「随分と奥方のことを気に入っているようだ」

「当たり前です。大切な妻なのですから」

「ならば、身の振り方には気を付けることだな」

クラウディオの纏う空気が冷たくなった。今までの底の見えない笑顔などではない。これは、本心からの忠告だろう。

「ここで私を殴ってでもみろ。いくら君が他国の高位貴族とはいえ、君は捕らえられ、フィオナと引き離される。そうなった時、フィオナはどうなるだろうな？」

「…………っ」

セドリックの額に汗が滲んでいる。

ずっと息が荒い。でも彼は煮えたぎる感情を押しとどめようと必死なようだった。ギュッと唇を噛んでから、クラウディオに掴まれた拳を引き剥がす。

なにも言えなくなったセドリックを、どこか達観した様子で見つめたクラウディオは、しばらくしてからフィオナに視線を移動した。

「フィオナ」

呼びかけられ、息を呑む。少し怖くて一歩後ろに下がったところで、クラウディオはなぜか安心したように口の端を上げる。

「君はそれでいい。――私みたいな男に、絡め取られるなよ」

そんな忠告をしたかと思うと、彼はまた、いつもの底の見えない笑顔に戻ったのだった。

クラウディオの屋敷からの道を、ふたりで並んで歩く。

同じ別荘エリアに居を構えているため、滞在している別荘とさほど距離は遠くない。迎えがなくとも問題ない距離で——だからこそ、こうしてふたりだけの時間を過ごしている。

「少し、寄り道に付き合ってくれないか、フィオナ」

すっかり日は傾いており、遠くの海が橙に染まっている。それはクラウディオの瞳の色で、まるですべてを見透かされているかのような不思議な気持ちになった。

（せっかく、セドリックさまともっとゆっくり過ごせると思ったのにな）

すっかり水を差されてしまった。

クラウディオのことは放っておけないが、彼と、彼を取り巻く環境に振り回されるのはもうお腹いっぱいだ。まるで心が萎《しお》れてしまったような気持ちで、上手に笑えない。

自分たちはあくまで新婚旅行に来ているのだ。こうも心を乱されるのはなんだか悔しい。

フィオナは目いっぱい空気を吸い込んだ。

もう秋も終わりに近付いている。いくら南のナバラル王国とはいっても、夕方の海辺はそれなりに冷える。潮風は冷たく、それを肺のすみずみまで行き渡らせる。そうすることで、少しは気持ちが切り替わればいいと思ったのだ。

今日の砂浜はフィオナたち以外誰もいない。だからセドリックとふたりきり。今なら、素直な気持ちを彼に吐き出すことができる気がする。

しかし、肝心のセドリックが先に先にと歩いていってしまう。普段だったら絶対にフィオナを置いていくようなことはしないのに、この時だけは別だった。

彼はいまだに怒っている。誰にかというと、おそらく、彼自身に。

そんな彼の背中がとても悲しいものに思えて、フィオナは必死で彼の後を追った。

でも、彼は待ってくれない。前へ、前へと歩いていき、やがて波打ち際で立ち止まる。呆然と立ち尽くしたまま、ずっと遠くの海を見つめていた。

彼はなにも語らなかった。ギュッと唇を噛みしめる様子が痛々しい。

話しかけようとして、やめた。この静かな時間が彼には必要だと感じたからだ。

「――ナバラル王家は、私と君を離縁させるために動くだろうと言っていた」

長い沈黙の後、セドリックがぽつりと吐き出した。

それは、クラウディオがセドリックに耳打ちした言葉だろうか。その後、クラウディオがフィオナに求婚してきた。あれは冗談のようなものだと思いたいが、いつになくクラウディオの目が本気だった。

「もしかして、わたしの正体が？」

「あるいはクラウディオの周囲が勝手に好意を汲み取り、君を奴に差し出そうとしているか、だが」

セドリックは目を伏せた。握った拳がブルブルと震えている。

「どちらにせよ、最悪だ」

セドリックの目が据わっていく。やがて我慢できなくなったのか、ガバリと彼に抱き込まれる。

次の瞬間には強く唇を吸われ、目を見開いた。

「フィオナがあの男の妃に？　ありえない。考えただけで身の毛がよだつ」

一度キスをしはじめると止まらないらしく、何度も何度も彼は唇を喰んでくる。呼吸する余裕すらなくて、どんどん深くなる彼のキスを受け入れた。

やがてすっかりのぼせてしまい、脚に力が入らなくなる。崩れ落ちそうになったところをセドリックに抱きしめられ、なんとか踏みとどまった。

積もり積もった恨みというものは相当なものらしい。彼はゆらりと顔を上げるも、前髪が目にかかり、顔に影ができる。その隙間から覗く菫色の瞳はなぜか爛々と輝き、妖しい光を秘めていた。

「あの男、いちいち私のフィオナを口説こうとして」

その低い声色に、なぜかフィオナの背筋が凍りそうだ。ドキッと心臓が大きく鼓動し、冷たい汗が流れはじめる。彼が冷酷な次期公爵と言われてきた側面を垣間見た気がする。

「日頃のあれは挨拶のようなものでは」

「そんなわけがあるか。どう考えても本気だ」

「……なかったのですね」

底の見えない笑みのせいで、クラウディオの考えていることなどちっともわからない。だが、彼に恋慕の気配を感じたことはなかった。

フィオナのおかげで彼の体調がよくなったのは事実で、それに対する恩義はあるのかもしれない。だが、それはあくまで恩義の域を出ないはずだ。

少なくとも、彼にとってフィオナは地味でつまらない人間に違いないと思っていた。言い方は悪いが、セドリックに対するものと同じ。からかうと暇を潰せるおもちゃのような存在なのだろうと。

でも、今日のクラウディオの言葉で、フィオナ自身もわからなくなってしまった。少なくとも、あの目は真剣だったように思う。

「――あの男の気持ちをわざわざ私が代弁してやる義理はないが、フィオナを見る目がどう考えても他と違う。最初は興味程度だったかもしれないが、今では――クソ」

「あ、あの、セドリックさま？　言葉遣いが」

「目こぼしを頼む。あんな野郎の目に留まるだなんて――ああもちろん、私のかわいいフィオナが目に留まらないはずがないわけだが」

「セドリックさま⁉」

いったいなにを言い出すのだろう。まくし立てるような言葉の数々を聞いているだけで頭が沸騰しそうだ。

セドリックがこんなにも想いを溜め込んでくれていただなんて知らなかった。いや、彼に愛されている自覚はもちろんあるけれども、彼はいつも大人で、冷静で、フィオナのことを優しい目で見て、引っ張ってくれて――つい、甘えっぱなしになっていたのだ。

クラウディオはセドリックのことを激情家だと言っていたけれど、その言葉の意味がよくわかった。

彼の言葉は全部フィオナを想ってくれるからこそ出てくるもので、フィオナのためだけに苛立ち、怒ってくれている。そしてフィオナは、そんな彼の素直な気持ちを今日この日まで引き出してあげられなかった。

いっぱい我慢させていた。大人な彼に甘えて、心地よいぬるま湯に浸ってしまっていたのだ。

彼が色々溜め込んでしまう性格だとはわかっていたはずなのに、ちゃんと汲んであげられなかった。そのことを痛感し、言葉に詰まる。

「――ごめんなさい、セドリックさま」

「どうして君が謝る」

フィオナが謝ることなどない、と、セドリックはようやく声のトーンを落とした。そうして気持ちを切り替えるために深々とため息をついてから、再度フィオナを強く抱きしめる。

「私が至らないせいだ。クソ、あのクソ王子、もう知らんぞ」

「ええと、だから言葉遣いが」

「構わん。あんな野郎、クソ王子で十分だ」

「あ、あはははは……」

いっそ清々しいほどの開き直りっぷりに、フィオナは渇いた笑いを漏らした。

（でも、セドリックさまが悔しがるのはよくわかる）

フィオナだって同じことを考えていた。せっかくの新婚旅行にこんな形で水を差されて、イライラしないはずがない。

そう考えてみると、次から次へとクラウディオに対する文句が溢れ出してくる。

フィオナは瞼を閉じた。視界が遮断され、セドリックの温もりと、耳から入ってくる音だけの世界に閉じこもる。

波の音が妙に大きく聞こえた。

寄せては引くこの波とともに、苛立ちも全部海に流れ込んでしまえばいい。そう考えながら深呼吸すると、いくばくか気持ちも落ち着いてくる。

（馬鹿らしい）

そんな言葉が、胸にすとんと落ちてきた。

荒くれだったセドリックに感化されたのだろうか。普段だったら絶対に使わない雑言がするっと心の中に忍び込んでくる。

そのうちに、いっそ清々しく思えてきた。だからこそ、フィオナは開き直ることができた。

（うん、そうよ。馬鹿らしい。せっかくのセドリックさまとの旅行なんだもの。イライラするなんてもったいない！）

そう思うと、なんだか廻り廻って色々なことがどうでもよくなってくる。

（クラウディオ殿下もクラウディオ殿下よ！　心から心配して、見舞いに行っていたのに、あんな茶化し方をしてセドリックさまを怒らせるだなんて）

ぱちりと目を開けた。先ほどまでの重たい気持ちで見る夕焼けとは、景色が違って見えた。

潮風をいっぱい吸い込んで、吐き出す。肺の中の空気を全部全部出してしまうと、なんだか世界が煌めいて見えるようになった気がする。

「ね、セドリックさま」

「なんだ？」

「――このままだと、ちょっと悔しくありませんか？」

口を尖らせながらフィオナは主張する。

「新婚旅行を邪魔されて、こっちの厚意も無下にされて、おもちゃみたいに遊ばれて、あんな冗談にならない冗談まで。挙げ句の果てに、帰国を邪魔されてるんですよ？」

「ああ、そうだな」

フィオナの言葉には全面的に同意してくれたらしい。――ただ、ちょっとセドリックの表情が緩んでいるのはどういうことだろうか。

「怒っているフィオナもかわ……あ、いや、それで？」

まさかの本音が垣間見え、フィオナも同じように赤面するも、こほんと咳払いをひとつ。気持ちを切り替え、彼からそっと離れた。そうして朗らかに笑いながら海に向かって宣言する。

「もう、クラウディオ殿下なんて知りません！」

こんなに大きな声を出したのは初めてだ。とうとう言ってやったぞと、得意げな顔をして彼の方へと振り返る。

セドリックは意外なものを見たとばかりに目をまん丸にしていた。

彼はどうも、フィオナのことを聖女かなにかと思い込んでいる節がある。でも、フィオナだって誰に対しても優しいわけではない。

「ね、セドリックさま。せっかくナバラル王国に来ましたし、滞在も延びたのでしょう？　だったら、もっと遊びませんか？」

「遊ぶ？」

「そうです。イライラさせられたり、難しいことを考えさせられたり、もったいなくないですか？　これ、新婚旅行ですよね？」

「そ、そうだが」

「だったら、いちいち煩わしいことに頭を悩ませる必要なんてないですよ。セドリックさまのお仕事は、クラウディオ殿下の様子を見てくること。もう十分以上に成果を出しているではないですか」

「それも、そうだが。いや、しかし――」

やはり根が真面目だからだろう。あれだけ怒っていたというのに、それを呑み込みさえすれば再び任務に取り組むつもりでいる。それはセドリックの素晴らしい美徳ではあるが、もう少し肩の力を抜いてもいいのではと思う。

「それ以上は努力目標でしょう？　――知りませんよ、クラウディオ殿下をその気にさせたいのであれば、休暇中のセドリックさまに押しつけるのではなくて、リンディスタ王国の皆さま総出で方法を考え、交渉なさったらよいのです」

とりとめもなく話していながら、考えなしに出てくる言葉が本当に正しいことのように思えてくる。フィオナはすっかり饒舌《じょうぜつ》になって、これまで溜め込んできた思いを全部吐き出した。

「オズワルド殿下もオズワルド殿下です！　休暇で釣って、セドリックさまにそれ以上の大変な任務を押しつけるだなんて。セドリックさまがなんでもできるからと言って、セドリックさまに頼りすぎなのですよ」

「フィオナ」

「それにクラウディオ殿下も！　わたしがあの方の体調を改善していると自覚しているのであれば、向こうから頭を下げて懇願してくればいいのです！　わたしの大切なセドリックさまをからかうような真似ばかりして――いい加減、わたしも怒ってるのですよ！」

怒りは伝播《でんぱ》する。ぷりぷりぷりぷりと頬を膨らませ、フィオナはひと息に言い切った。

セドリックはぽかんとしていた。まさかフィオナがここまで言いたい放題言うだなんて思ってもみなかったのだろう。

でも、言いたいことを全部吐き出すと、とてもスッキリするらしい。

なんだか胸の奥のつかえがなくなった心地がする。空気が美味しくて、世界がちょっとだけ明るく見えた。

セドリックとはまだ見つめ合ったままだ。ぽかんと口を開けたままの彼の顔が妙にかわいく思えて、頬が緩む。そうして一拍の後。

「ふっ、ふふふ！」

「くくく、あははは！」

やがて互いに声をあげて大笑いした。

ああもう、ふたりしてどれだけ我慢ばかりしていたのだろう。

この街に来てからもう随分経つ。ずっとずーっと気持ちを溜め込んでいたなんて、なんと無駄な時間の使い方をしたのだろうか。

「あー、スッキリした。セドリックさま、せっかくの旅行なのですから、もっと楽しみましょうよ。悔しいじゃないですか、ね？」

「ああ、そうだな。――本当に、その通りだ」

なんて言うなり、セドリックはパン！と己の手で自分の両頰を叩く。そのまま前に――つまり、海に向かって倒れ込んだ。

声をかける暇もなかった。彼は倒れながらくるりと体を反転。バシャアン！と水しぶきを上げながら、仰向けに寝っ転がる。

せっかくの洋服がびしょびしょになるのも厭《いと》わず、セドリックはそのまま波に晒《さら》された。

「あ、あの、セドリックさま⁉」

フィオナが素っ頓狂な声をあげるも、セドリックは苦々しげに笑っている。そうして彼は、しみじみと呟いた。

「はぁー……私は本当に、ちっぽけな人間だな」

「そ、そんなことはないですけれど。あの、大丈夫ですか⁉」

夕方の海はかなり冷えるだろう。というか、服を着たままびしょびしょになるとは思ってもみなかった。

「なに、頭を冷やしているだけだ」

「だけって、そんな……⁉」

「たまにはいいだろう？　ハメを外すのも」

なんて、セドリックは波打ち際に寝転んだまま笑っている。

先ほどの苦々しいものとは違い、どこか肩の力が抜けたような砕けた微笑みだった。

寄せては返す波が、セドリックの髪を濡らしていく。艶のある髪が波に流され、水しぶきを浴びた彼の顔がいたずらっ子のように見えた。でも、それがとても美しくもあって、目が離せない。

ならばフィオナも思い切るだけだ。

「えいっ！」

「フィオナ⁉」

彼の上にのしかかるように、そのまま身を投じる。

当然、髪もドレスも濡れることになるが気にしない。両手を広げてセドリックに抱きつき、彼と一緒に波打ち際に寝っ転がる。

思った以上に波は冷たかった。でも、その冷たさが今は心地いい。

「ご一緒します！　させてください」

「フィオナ——くく、あははは！　ああ！」

ふたりでびしょびしょになりながら、たくさん笑い合う。それは、今までの自分たちであれば絶対しなかったことだろう。

きっとフィオナの中で、なにかが変わった。雁字搦《がんじがら》めだった殻の中から一歩外に踏み出し、前を見る。彼と一緒に見る新しい景色が、とても輝いて見えた。

その後、別荘に戻った時にロビンにとっても心配され、さらにしこたま怒られるハメになったけれども気にしない。なんだか、今日からは新しい自分になれるような気がしたから。

第五章　はぐれ魔法使い

クラウディオのことなどもう知らない。

彼を取り巻く環境も、王位継承権も、他国の人間であるフィオナたちには本来関係ない。そう割り切り、フィオナたちはナバラル王国で過ごす日々を精いっぱい楽しむことにした。

「よくよく考えてみると、この国に足止めされたおかげで、合法的に休暇が延長されるのか」

もともと三週間だったはずの休暇も、帰国できないのなら仕方がない。問答無用で延長だと、セドリックは開き直ることにしたらしい。

「私に帰国してもらいたくば、正式に国に動いてもらうしかないな」

オズワルドとアランに色々押しつけられた腹いせとばかりに、今度は彼らに丸投げする気だ。堂々と休暇の構えを取り、彼はこの日、別荘の居間でフィオナ手製の菓子を食べながら、お茶を楽しんでいた。

わざわざ街に出かけて無理に観光に張り切るわけでもなく、のんびりとした休暇を楽しむ方向に切り替えたようだ。

対するフィオナも、少しだけ日常に戻ってきた気分だ。場所は違えど、普段と同じようにゆっくりと刺繍を楽しんでいる。

ナバラル王国に来てから、初めて見る鳥や植物が多くて、創作意欲を大いに刺激されたのだ。手芸屋に置いてある糸も、リンディスタ王国では見られない染め方のものがあり、試したい色彩の組み合わせが山ほどある。街の色んなところを見るのも楽しかったが、色々な刺激を受けたこと、そしてこれらの刺繍糸を調達できたのが一番の収穫かもしれない。

（——って、違うわよね。一番の収穫は、これ）

フィオナの胸に輝くカメオのブローチ。甘い赤茶色のシェルカメオには、乙女の横顔が彫り込んである。定番の絵柄ではあるが、やや幼い顔つきの乙女がいたずらっぽく微笑んでいるのがかわいくて、ひと目惚《ぼ》れしてしまったのだ。

彼女の髪には貝や珊瑚《さんご》といった海を感じさせる装飾がたくさん入っていて、ナバラル王国らしさもあるところがとてもいい。大変なことが起こりすぎているけれど、この国に来たこと自体には非常に満足していて、旅の思い出にもちょうどいい一品になった。

この国に来て早々に買ってもらったカメオのひとつである。今思うと、この乙女の表情が気に入ったのかもしれない。どこか自由な気風の姿に、自然と憧れていたのかもと思える。

（宝物が増えていく）

色んなことがあったけれど、ナバラル王国でセドリックと過ごす時間は素晴らしいものだ。

刺繍する手を動かしていく。どんどん調子が出てきて、鼻歌でも歌ってしまいそうな時だった。

「なんだよう。ふたりして寛いじゃってさあ！」

突然居間に間延びした声が響いて、顔を上げる。

聞き覚えのある声だ。でもおかしい。ここにいるはずがないのだから。

声の主を探したところで、ふと、銀色の長い髪をひとつに括った男性と目が合った。

糸目で瞳の色はよくわからないが、脳内でのその人の姿と色彩が一致しなくて困惑する。彼はナバラル王国でよく見る一般的な詰め襟のコートを身に纏っており、普段の姿と雰囲気が違いすぎる。

なんとも不思議な気分でぱちぱちと瞬いたところで、その男性はふにゃりと笑った。

「やっほー、フィオナちゃん元気？　君の師匠だよ」

その間延びした声のテンポ、顔立ち、どう考えてもリンディスタ王国魔法省『七芒』のひとり、アラン・ノルブライトその人だ。ただ、髪の色だけがどうしても一致しない。

「阿呆《あほう》、どこから入ってくるんだ」

セドリックに突っ込まれて、アランはひらひらと手を振った。

「ごめんごめん。さっきまで隠密行動していたからさあ。流れでつい」

アランはなぜか窓の方から歩いてくる。

窓は施錠してあるはずで、開けられた形跡がない。となると、窓を突き抜けて部屋に入ってきたことになる。

（やっぱり、七芒ってすごいんだ……）

いつもへらへらとしていてマイペースだからわかりにくいが、アランは若いながらも、リンディスタ王国内で十指に入る魔法使いだ。壁のすり抜けくらい朝飯前なのかもしれない。

彼は左目に手をかざしてから、スッと手を前へ払う。その動作に反応して部屋中のカーテンが自動で閉まり、光源代わりの光球が部屋の中に浮かんだ。

幻想的な光景にぽかんと口を開けているうちに、アランの髪の色彩がすぅーっと抜けてゆく。銀髪から見慣れた朱色へ、あっという間に変化してしまった。

「やっぱりこの色が落ち着くねえ。——あ、フィオナちゃん、お茶よろしく。お茶請けもあると嬉しいけど、今日のフィオナちゃんお手製のお菓子はなにかな？」

なんて、なんの遠慮もなく大きなソファーを占拠し、すっかり自分の家のように寛ぎはじめる。

「まったくお前は！　フィオナは召使いじゃないぞ。少しは遠慮しろ」

スパァンとセドリックの小気味よいツッコミが入って、アランはカラカラと笑った。

「それくらい知ってるよ。でも、フィオナちゃんのお菓子美味しいじゃん。セドさんばっかり独り占めするのずるくない？　魔法使いはね、燃費が悪いんだ」

「それはお前が普段から無駄な魔力ばかり消費しているからだろう！」

「そのおかげでこんなに早くこっちに来て、仕事を終えてあげたんだから、ご褒美くれてもいいじゃんねえ？」

アランは唇を尖らせて、フィオナの方へと話を振ってくる。きゅるんとしたおねだりポーズで見つめられると、どう反応していいのかわからなくなる。

相変わらずアランとセドリックの会話のテンポは速くて、フィオナはなかなかついていけない。ただ、アランがなにかを奮闘してきたのは確からしい。

フィオナは素直に頷き、彼への茶菓子を用意することにした。ただ、お湯を沸かし直さないといけないので、一度部屋から退室しようとする。

「あ、いい、いい。大丈夫」

そこにアランが声をかけ、フィオナからポットを受け取り、魔力を注ぐ。ひょいっとすぐに返却されたそれには、たっぷりとお湯が満ちていた。

「すごいですね……！」

「でしょ？　ほんとはフィオナちゃんにも教えてあげたいんだけどね。こういうのは、魔法省に所属しないとだめだから」

アランの立場的に、本当は魔法省にフィオナのことを隠すことは許されないはず。それなのに見逃してくれて、最低限の魔法の手ほどきまでしてくれるなんて、アランには感謝してもしきれない。

「いつもありがとうございます。お仕事もお疲れさまです」

お礼とばかりに、今度はフィオナの魔力をたっぷり注ぎながらお茶を淹れていく。

今日のお菓子はジンジャービスケットで、ミルクティーがよく合う。ティーセットを差し出すと、アランは満面の笑みを浮かべてビスケットを頬張りはじめた。

「――まったく、お前は。相変わらず全然落ち着きがないな」

「今さらでしょ？　二日前に君から緊急の魔法鳥が飛んできて、急いで向こうを発ったんだよ。助けに来たんだから、セドさんももっと感謝してよ」

「まあ、それは助かるが」

なんと、セドリックはすでに本国に助けを求めていたらしい。二日前ということは、まさにクラウディオと言い争いになった日ではないだろうか。

（任務なんかもう知らない！って結論を出したのに、しっかり連絡なさっていたのね）

さすがのひと言である。

即座にリンディスタ王国と連絡する手段があることも驚きだが、それから二日――というか、一日半ほどでここまでやってくるアランの能力にも感心する。

「お疲れですよね。今日はゆっくりできるのですか？」

「んー？　いやあ、もうちょっとナバラルを堪能していきたいけど、悲しいかなとんぼ返りなんだよねえ。かわいそうな師匠を労ってよ、フィオナちゃん」

「えっと。師匠、お疲れさまです？」

「うん。フィオナちゃんは旦那さんと違って優しいねえ」

普段は師匠なんて呼び方をしないけれど、この時ばかりはちょっとだけアランのノリに付き合ってみる。師匠というよりも、手ほどきをしてくれた先生という印象なのだが、アランはこの自称師匠ポジションをなかなか気に入っているらしい。

「フィオナに変な絡み方をしないでくれるか。——で？」

ぴりっと、空気が鋭くなった。

セドリックの真剣な表情に感化されたのか、アランもニマリと微笑む。

「はいはい。ビンゴだよ。噂のクラウディオ殿下とちょこーっと接触してきたけどさ、かなり濃い魔法の気配」

「やはりか」

なんと、アランはクラウディオの体調不良の原因について探ってきたらしい。

「あれは珍しい魔法だよ。セドさんやフィオナちゃんと同じ、訓練されていない素の魔力の性質がそのまま出ちゃってるパターンだね」

もともと、魔力というのはそれぞれ色があり、持ち主が本来持ち合わせている性質がそのまま出る。フィオナの場合はそれが癒やしの力であり、セドリックの場合は破壊の力だ。

師匠を得て訓練することでようやく、きちんと目的に添った力を発揮する『術式』を使用できるようになるらしい。

でもこれは、魔法省などの特殊な機関に所属して初めて身に付けられるものだ。フィオナのような『はぐれ魔法使い』が覚えることなどできない。

「つまり、どなたかはぐれ魔法使いが？」

「そう考えるのが自然かなあ。訓練されていたら、あんな魔力の乱れ方はしないし。——あいにくこのナバラル王国は、魔法使いを統制する国の機関がないからねえ。はぐれも多いのかも」

アランは顎に人差し指を当てて、んー、と考えている。

「厄介なのは、そのはぐれ魔法使いの魔力の性質が、これまたすっごく珍しいことなんだよねえ」

「——いったい、どういうものなんだ？」

その質問を聞くなり、アランの表情がスッと冷めていく。いつもふにゃりと笑っている笑みはどこへやら、細い目を開き、黄金色の瞳が覗く。

「精神支配」

「え？」

穏やかでない言葉が聞こえてきた。

「正確には、相手の精神に強く影響力を与えるもの、ってところかな。洗脳とはちょっと違うんだけどさ。魔力を強引にかき混ぜて、相手の体調や精神に刺激を与えるんだよ。どんな人間でも微量の魔力を持ってるんだけど、その魔力は人間の心と体に直結してるからね。相手の気分を明るくさせたり、楽しくさせたり、怒らせたりとかさ。色々影響を与えちゃうわけ」

精神に影響を及ぼす。さらっと聞いただけでも、それはとてつもない効果ではないだろうか。

「使いようによっては、いい魔法なんだけどね。まあ、そのはぐれ魔法使いとやらも、自分の魔法の真価には気が付いてなさそう。だから無意識に、負の感情ばかりを増幅させちゃってるんじゃないかなあ」

体を揺らしながら、アランはブツブツと続けている。アランにとっても興味深い魔法らしく、あでもないこうでもないと考察を続けている。

「魔力を整えるフィオナちゃんの魔法とちょうど真逆だねえ。だから、フィオナちゃんと一緒にいる限りは大丈夫。――あとは、相手の魔力に支配されなきゃいいから、こう、体内の魔力を固定化させて、相手の魔力が廻るのを抑えたり？」

「結局、魔法使いしか対処のしようがないというわけか」

「そうそう。セドさんも練習すれば、防ぐことくらいはできるんじゃないの？」

「随分と簡単に言ってくれるな」

セドリックは頬を引きつらせている。

つい文句を言いたくなるのもよくわかる。体内の魔力を操るのは、フィオナも全然できないのだ。ある程度意識して放出することくらいはできるようになったが、固定化なんてとてもではないが無理だ。

「どのみち、クラウディオ殿下がひとりで対処するのは無理か」

セドリックの言葉に、フィオナはきゅっと唇を噛む。

もう知らないとは言ったものの、気にならないはずがなかった。フィオナの魔法抜きで治せるものならどうにかしたい。けれど、原因となった魔法使いをなんとかしない限りは難しいようだ。

「だね。っていうか、あれは危ないよ。幾重にも魔力を重ねて、重ねて、重ね続けて――重ねすぎないと、ああも気鬱にはならない」

「そんなにも……？」

「一日や二日でかけられた魔法なんかじゃないよ、あれは。下手をすると、そのまま取り殺されるくらい」

「そんな……！」

フィオナは絶句した。つまりそれは、遅効性の毒と同じ。いや、精神に影響を及ぼすのだとすれば、もっとたちが悪い。

ふと、無気力だったクラウディオの姿を思い出す。目に髪がかかることすら厭わず、ただただぼんやりとしているだけ。まるで呼吸をすること以外が億劫とでもいうようなあの姿が、本来のクラウディオとかけ離れていることはわかっている。

あのまま命が儚《はかな》くなってしまうのでは。そんな予感を確かに抱かせるなにかがあった。

「クラウディオ殿下の周りの人間には気を付けた方がいいよ。よっぽど近くにいる人間でないと、あそこまで重ねがけなんてできない。――件の魔法使い本人も、あれが死に至らしめる魔法だってこと、わかってないんじゃないかなあ。というより、きちんと制御できていない？　感情に任せて漠然と使用しているだけの不安定な力って感じ」

それを聞きながら、セドリックは無言で考え込んでいる。

魔力の暴走がいかに恐ろしいものなのか、彼は身をもって知っている。難しい顔でようやく口を開いた。

「それに気が付かない男ではないと思うがな」

セドリックの意見はもっともだった。聡いクラウディオのことだ。近くにはぐれ魔法使いがいたとして、自分に影響を与え続けているのであれば、いくら魔法との縁が希薄なこの国でも、その可能性を考えそうなものである。

しかし、二年もこの状況が放置されたままなのだ。

「というわけで、僕らの目的はクラウディオ殿下の周辺にいる魔法使いをあぶり出すことになったってわけ。――まあ、もうおおよそ、犯人は絞れてるけどね」

パチン、とウインクしてから、アランは残りのジンジャービスケットを口に放り込んだ。

「あー、やっぱりフィオナちゃんの魔法は沁《し》みるなあ。魔力、枯渇しかけてたけど、だいぶ回復した。魔力効率まで上がるんだよね、フィオナちゃんの魔法は。これで今日のうちにリンディスタに帰れるよ」

アランに師事する時も何度か聞いたことはあるが、フィオナの魔法は癒やしの他にも効果があるらしい。どうも、フィオナの魔法が効いている間は、魔法を使用する際の魔力の消費量が節約できるとのことだ。

元を辿《たど》れば魔力の流れを整える力だ。流れを整え、無駄な消費を減らすのだとか。とはいえ、相手が魔法使いでなければ意味をなさない効果だから、アランくらいしかその力を実感する者はいないのだが。

ひょいぱく、ひょいぱくと次から次へと口に入れ、たちまち皿にいっぱいあったはずのビスケットが空になってしまう。

「あっ、ごめんセドさん！　でも、これは特急便のお代ってことで頼むよひとつ！」

アランは大袈裟に両手を上げながら立ち上がり、すぐに部屋から出ていこうとする。さすがのフットワークの軽さに驚きつつも、フィオナは背を向けたアランに声をかけた。

「アランさま、少し待ってください。よければ、まだあるのでお土産を包みます」

「え⁉　本当に⁉　いいの⁉　欲しい欲しい！」

フィオナのお菓子にそれほど効果があるのだとすれば、こんなに嬉しいことはない。厨房《ちゅうぼう》にいくらか残していたはずなので、取ってくると言ってから部屋を後にした。

ちなみに、急いで準備をして居間に戻ってきた時、セドリックとアランの空気がなんとも言えないものになっていた。

アランはとても楽しそうだが、セドリックが耳まで真っ赤にしながら、ぶすっとした顔をしている。

いったいなにを話したのだろうか。――いや、どことなく聞いてはだめな雰囲気がある。

沈黙するふたりの顔を交互に見ながら、フィオナはアランに近付いていく。

「……えっと、その。道中、召し上がってください」

フィオナはその微妙な空気から目を逸らし、お土産を渡したのだった。

＊

ナバラル王国中心街の夜は、今や世界中の光を集めていると言われるほど眩い。

まさに眠らぬ街。別荘街の静けさとは対照的に、夜な夜な人々がパーティーやショー、カジノを楽しむ。国境を越え、多くの貴族たちの交流の場ともなっており、ここで重要な議案が生まれることも少なくはない。

中でもここ『月海の帳』は、誰もが一度は訪れてみたいと言われている特別な社交場だった。

（――中は酒と煙草と香水の匂い。他の社交場となにも変わらないが）

煌びやかなメインフロアで酒を酌み交わす男女を横目に、男――日頃よりクラウディオの下僕を名乗るサウロは奥のシークレットフロアに足を踏み入れる。

しっかりと訓練しているつもりだが、所作には気を付けた。多様な人種が行き交うこの中心街だが、いまだに西望の民への不信感は強い。特に月海の帳にやってきているような貴族は西望の民を毛嫌いする者も多く、訛《なま》りや動作には気を付けすぎるくらいでいい。

（だが、これでも街はかなり歩きやすくなった）

昔と今とでは、この国での生きやすさが違う。それは実感している。街を歩いているだけで、後ろ指をさされるようなこともなくなった。

それも全部、この街ができたおかげだ。中心街は、いわば彼の主が形作った新しい街だ。特にここ七、八年で大きく様変わりしている。

その前までは、どこにでもある海辺の観光業が売りの辺境国家にすぎなかった。そして、故郷を持てない移民であった自分にとって、ここが初めての故郷と呼べる場所となろうとしていた。

（すべて、あの方のおかげだ）

怠惰で、何事にもやる気がなくて、肩の力が抜けっぱなしで、そばにいたらついつい小言を言いたくなる。でも、一度動きはじめたらあっという間に界隈全体を動かす。根回しという根回しをそつなくこなして、彼自身はゆったりと酒を嗜《たしな》んでいる間に、すべてが終わっている。

十年前、サウロはクラウディオに拾われた。それから、サウロの人生は大きく変わった。

いや、サウロだけではない。サウロとともに身を寄せ合うようにして生きてきた西望の民の多くが、クラウディオによって救われている。

ナバラル王国での西望の民に対する偏見は根深い。まともな保障などあるはずもなければ、そもそも働く場所もない。そんな自分を彼は拾って、食事と仕事を与えてくれた。

人種など関係がない。実力があればのし上がっていける。

最初はクラウディオの起こした事業の末端での下働きからはじまった。やがて商品管理を任され、その手腕を認められるようになる。わずか四年で新事業に引き抜かれることになり、彼の近くで働くことが許された。

そのうち、店の枠を飛び出て、彼のそばで補佐として走り回るようになる。それからずっと、この国を変えるために奮闘してきた。

すべては彼が望んだ、革新的で刺激的な街作りのために。

（ただ——街は大きく変われど、国の在り方はそのままだ）

人々の思想の根っこの部分というのは、そう簡単に覆るものではない。いくら出世し、いくらこの街に様々な人種の者が増えたとしても、サウロは西望の民。その事実は変わらない。

もともとが保守的なこの国家において、西望の民というラベルは、皆が考えている以上にどうすることもできないものだった。

新事業に関わる間はサウロも役に立てるが、クラウディオが政治の場へ顔を出す際は同行を許されなかった。クラウディオが馬鹿らしいと反発しても、国は絶対に是と言わない。実にままならないものである。

ふと、大事な主がなんの気力も持てず横たわる姿を思い出す。

（私は、なんと罪深い人間なのか）

それはわかっている。傲慢で、わがままで、どうしようもなく自分本位だ。それでも、サウロは自分の心の内に宿る渇望を抑えきれなかった。

主の数年を犠牲にしても手に入れたいものがある。

（ですが、これもあと一年です、主よ）

ギュッと拳に力を入れる。

やがてサウロがたどり着いたのは、シークレットフロアの最奥であった。金縁の装飾がたっぷりと入った扉の前には、四名もの護衛が立っている。

ここシークレットフロアでの武装は、基本的には認められていない。しかし、それを許されるほどの人物がこの奥にいる。

「――ああ、来たのか、サウロ」

青みがかった銀色の長い髪をゆったりと三つ編みにした男が、奥のソファーに寝そべっていた。

彼に酒を注ぐ女が左右に侍っていたが、男が手を振るなり、女たちは退室していく。

若い男だった。自分の主よりも、四つ年下の二十三歳だったか。

年齢の割にどこかあどけなさの残る顔をしている。しかし、その笑みは完全に作られたもので、サウロの主と同じ橙色に深い蒼の、夕日が沈む海の瞳はちっとも笑っていない。

やや小柄で細身の体は華奢な印象だが、その中性的な風貌から女性には人気がある。

カリスト・イサーク・エメ・ナバラル――サウロの主であるクラウディオ・シェロ・エメ・ナバラルと王位継承権争いをしているいわば政敵、そして腹違いの弟であった。

「兄上もかわいそうだねえ。大事に育てた腹心が、陰で自分を裏切り続けているなんてさあ」

開口一番飛び出してきた皮肉になど、いちいち動揺しない。これで動揺するのなら、最初から主を裏切るはずがないのだ。

「あなたはあなたの目的のため、私は私の目的のため、単純に利害が一致したというだけです」

「まあ、君のそういう利己的なところ、嫌いじゃないよ」

くるくるくるとグラスを回しては中身を飲みほし、カリストは口の端を上げる。

「――で？　どうなの？　兄上の様子は」

単刀直入に訊ねられ、サウロはここ最近のクラウディオ周辺の様子を順番に報告していく。大きく変わったことと言えば、やはりウォルフォード夫妻の動きであった。

（クラウディオ殿下はウォルフォード夫人のことを確実に気になさっている。彼女を娶るのがあの方にとっての幸せかと思ったが――）

珍しく、クラウディオが女性に興味を示していた。もともとは遊び人で来る者拒まずの主ではあったが、女性との関係性を繋ぎ止めたいと主張したのは初めてだった。

ウォルフォード夫妻と話す時のクラウディオは楽しそうで、特にフィオナに向ける目が気になっていたのだ。

他の女性に向けるものとは異なる、あの柔らかな眼差し。王族として育ち、どうせ政略結婚なのだと恋に興味を持たないようにしていたことも知っている。

だからこそ、ウォルフォード夫妻の穏やかな仲睦まじさへの羨望も、少なからず交じっているのだろう。どこか眩しそうな目を向けるクラウディオに、フィオナという存在を差し出してあげたくなった。

もちろん、主が興味を示していたのは、セドリックの妻としてのフィオナだ。彼らを離縁させ、クラウディオに妻合わせたとして、彼が本当に欲しいものが手に入るわけでもない。それでも、フィオナをクラウディオのものにしてあげたくなった。

しかし、サウロは利己的な男だった。

フィオナの利用価値を正しく理解した瞬間、主の幸せよりも、サウロ自身の目的のために利用することを選んだのである。

（フィオナ・ウォルフォード。あの方がまさか、女魔法使いだったなんてな）

衝撃的だった。毒見のために口にした彼女が淹れたお茶――そこから、他人の魔力を強く感じただなんて。

おそらく彼女は、サウロと同類だ。己の魔力を垂れ流し、相手になんらかの影響を与えることができる。決定的に違うのは、サウロのものは負の感情を増幅させる悪い魔法で、フィオナのものはおそらく真逆の効果を与えるらしいということだ。

サウロは魔法に関する正しい知識を持ちあわせていないが、おおよそ、そのように把握している。

（彼女の魔法は、私のこの呪いじみた力とは違う清らかなものだ。許されるならば、我が主のそばに在ってほしい方ではあるのだが――）

女魔法使いという存在は切り札になる。

なんのと言えば、つまり、この国の王位継承権争いの、だ。

サウロはどうしても、主であるクラウディオではなく、目の前のカリストを王太子にしなければいけない。

（ああ、私はなんと不忠義な臣下なのか）

この身に宿る魔法の力に気が付いたのはここ二年のことだ。もともと才能はあったらしいのだが、王位継承権争いが激化する中で、ようやく自覚することができた。

クラウディオの手腕は本物だ。本来ならばカリストなど相手になるはずもなく、王太子の座を手に入れてしまう。それだけは絶対に阻止せねばならなかった。

（そうでなければ、私は、一生あの方のおそばにいられない）

浅ましい考えなのはわかっている。

しかし、西望の民である自分が、やがて王になるあの人のそばに居続けるのは不可能だ。この国の中央は、西望の民を受け入れてくれるほど寛容ではない。

一緒に屋敷で働く仲間たちにとっても同じだろう。クラウディオは唯一の希望で――だからこそ、縋《すが》ってしまうのだ。

そしてその想いがクラウディオを縛りつけた。

最初はなにかの病気かと考えた。あれほど精力的に活動していたクラウディオの気持ちが塞ぐ日が増え、外に出ることがめっきり減っていく。人と会うことも億劫になり、どんどん活動の幅を狭めていった。

ありとあらゆる医者に診せ、それでも原因が特定しきれず、気鬱だと判断された。王位継承権争いが激化する中で、それがプレッシャーになったのだろうというのがほとんどの医者の見解だ。

しかし、クラウディオや周囲の人間と接する中で気が付いてしまったのだ。自分にはおそらく、人の精神に影響を与える力があるのではないかということに。

一度その考えに囚われると、どんどんと深みにはまっていく。

自分にはなにか特別な力があるのではと自問自答し、体内に流れる不思議な力を自覚するようになり——試しに自らの意志で、その力を動かしてみたのだ。

翌日、クラウディオは動けなくなった。

自分自身に宿る力に驚愕《きょうがく》し、すぐにクラウディオから離れるべきだと考えた。けれども、同時に気が付いたのだ。このままクラウディオが屋敷に引き籠もるようになれば、自ずとカリストが王太子に選ばれるのではないかと。

そんな自分の揺らぎが伝わってしまったのか。

ちょうど一年前だった。カリストからの接触があったのは。

『兄上に毒を盛っているのはお前か？　なかなか見どころがあるようだな。どうだ？　僕と手を組まないか？』

——サウロはカリストの手を取った。

それがクラウディオに対する裏切りだとはわかっていながらも、王太子が決まった先の未来で、クラウディオのそばに在るために。

カリストと話をする中で、彼は本当にサウロが毒を盛っていたのだと勘違いをしていたこと、さらに追及するうちに、自分の力がいわゆる魔法と呼ばれるものであることを知った。もちろん、知ったところで、真の主であるクラウディオに真実を話せるはずもなかったが。

魔法をかけることができるなら、当然、解くこともできるはず。しかし、サウロはそれをしなかった。

(本来なら魔法を解き、クラウディオ殿下を祝福して、王太子として送り出すのが正しい姿なのだろうがな)

胸を刺すような痛みも、もう完全に麻痺《まひ》してしまっていた。

この国の根底にある西望の民に対する差別、それがこの先も覆ることはない。

昔から、王宮の外をフラフラ歩いているあの方だったからこそ、サウロたち西望の民がそばに仕えていることを一時的に黙認されているだけだ。

王族のそばにつく人間は、本来ナバラル古来の民族でなければならない。だから、目こぼしされているのも今だけ。彼が王太子になった瞬間、サウロは彼の側近を外される。

——それだけは、絶対にあってはいけないのだ。

(カリストが王太子になったら魔法を解く。そうすればきっと、あの方もすぐに回復なさるだろう。王太子になれずとも、あの方の実力があれば、自分の理想の国作りをしていけるはず。そうに違いない。だから——)

だから今だけは。カリストが王太子に決まるまでは、この不義をどうか許してほしい。そう希《こいねが》い、サウロはクラウディオを屋敷に縛りつけ続けた。

しかしさすがクラウディオと言うべきなのだろうか。いまやカリストが圧倒的優位と言われながらも、国の中枢では、いまだにクラウディオ人気は健在だ。肝心のカリストが立太子するためには、あとひとつなにかが必要だった。

そのピースがフィオナだった。

たまたまこの国にやってきたフィオナ・ウォルフォード。女魔法使いである彼女の存在が、カリストを王太子に押し上げてくれるはず。

「フィオナ・ウォルフォードはおとなしくて健気な娘か。——ふむ、実に御しやすそうでいいな」

彼女が女魔法使いだと判明して早々に、カリストに報告を上げていた。案の定、この王子はすぐに食いついた。実にいい動きをしてくれて、見事ウォルフォード夫妻をこの国に足止めさせることに成功している。

「この国には魔法使いの血が欲しい。確実に魔法使いを産むことができる女魔法使いだなんて、最高じゃないか！　僕に相応しい」

「既婚者ですが、まだ結婚して一年も経っていないようですからね」

「ああ。噂のオズワルドの腰巾着から掠《かす》め取るのは楽しそうだ。——それに」

カリストはクスクスと笑みを漏らす。中性的で綺麗な顔と称されるが、サウロには彼の笑みがとても歪《ゆが》んだものに見えた。

「兄上も、その娘を気に入っているのだろう？」

そう問いかけてくるカリストの瞳は爛々と輝いていた。クラウディオとよく似た色彩を持っているが、その性質はまるで違う。

　母が異なり、第二夫人の息子であったせいか、カリストは生まれた時からずっとクラウディオと比較されて生きてきた。

　なにひとつとしてクラウディオに劣ってはいけない。そして、絶対に王太子にならなければいけない。そんな母親からの呪縛が、カリストを歪ませたのだろう。カリストは、いまやクラウディオを越えることだけに執念を持ち続けている。それが彼の生き方だった。

「ウォルフォード夫人が私の魔法を治療する力を持っていることを見抜き、彼女に感謝をしているのかと。——少なからず、気に入っておられるご様子」

「ははっ！　それを横取りするのって、すっごく楽しそうじゃないか」

　クラウディオがフィオナに興味を持っている事実を伝えただけで、簡単にその気になってくれた。

　そもそも、女好きなカリストにかかれば、既婚も未婚もお構いなしだ。

　いくらフィオナが既婚者でも、相手を離縁させれば済む話だ。

　この国には魔法使いを縛る制度が確立されていない。それは、魔法使いを束ねられるような、魔力とカリスマ性を兼ね備えた人物がいなかったからだ。

　しかし、王家に魔法使いの血を入れたら、それも変わる。確実に魔法使いを産むことができる女魔法使いという存在は、ナバラル王国が喉から手が出るほど欲している人材であった。

「そのフィオナって子、僕がもらうよ。——わかっているね、サウロ。兄上にはかわいそうなことだけど、君は君の目的のため、協力してくれるだろう？」

＊

アランがやってきた翌日、さすがに毎日別荘に引き籠もっているのももったいないと、今日はセドリックとふたりで中心街に出てきていた。せっかくだからと、セドリックが王立歌劇団のショーチケットを取ってくれたのだ。

さすが観光で一大事業を築き上げた街である。もともとは音楽が有名な国ではなかったが、王立歌劇団を創設するにあたって、音楽と芸術の国ヴェマジェスタから有名な劇作家や歌唱者を雇い入れたのだという。

幻想的な渡り鳥と暁の空が描かれた緞帳《どんちょう》が下りていく。フィオナは若草色の瞳をキラキラと輝かせながら、たおやかな手を何度も打った。

「素晴らしいです、セドリックさま……！」

ここが二階のボックス席で本当によかった。周囲に他の観客の目がなく、百面相をしていても許される。

いや、セドリックにはバッチリ見られていたような気がするが、それはもう今さらだ。この旅の中で、幾度も同じ過ちを繰り返している。今回も、まるで年若い女の子みたいにきゃっきゃとはしゃいでしまい、大変気恥ずかしくもある。でもそれは、それだけ歌劇の内容が素晴らしかったということだ。

ナバラル王国では定番の、海に生きる孤独な女神と彼女に恋をした人間の王子のお話だった。

（音楽も！　演出も幻想的で！　それがすっごく素敵だった‼）

珊瑚や色とりどりの魚が煌めく海の世界、あれを刺繍にしたらさぞ素敵だろう。そう考えると、早く別荘に帰って図案を練りたくて仕方がない。

手を叩きながらふわふわと妄想を廻らせていると、隣からくっくと、こらえきれない笑い声のようなものが聞こえてきた。

「君に気に入ってもらえてよかったよ」

「すっごく！　すっごく素敵でした！」

セドリックもすっかり上機嫌らしく、目を細めている。

この日のフィオナは、観劇のためにこの国で誂《あつら》えたエメラルドの大人っぽいドレスを身に纏っていた。

他国からの貴族の観光者が多いこの国では、プレタポルテと呼ばれる既製品がはやっている。旅先で一からドレスを誂えるのは大変だから、最初から富裕層向けの既製品を生産しているらしい。

せっかくだからと、フィオナも普段着ないようなシルエットのドレスを身につけてみた。タイトなラインのこのドレスは、体の形がくっきりとわかってしまいかなり気恥ずかしいが、新しい自分になりたい今のフィオナにはちょうどいい冒険のように思えたのだ。

セドリックが心の底から「ボックス席でよかった……」と呟いていたのは、どういう意味かはわからない。でも、しっかりとショールを羽織っているから肌も綺麗に隠れるし、大人っぽくもありつつ、ちゃんと上品なデザインのものを選んでいる。ロビンが絶賛してくれたからそんなにおかしなことにはなっていないはずだ。

「セドリックさまも、楽しめましたか」

「もちろん。こんなにも綺麗な君と過ごすひと時を堪能できた。満足しないはずがないだろう？」

「えっと、そうじゃなくて、歌劇を」

なんだかセドリックの瞳が熱っぽい。

自分がいつもよりも大人っぽい装いをしているせいだろうか。少しは魅力的に映っていると嬉しいが、気恥ずかしくもある。

彼の視線が、いつもとは違う色彩を帯びているような気がした。一度気になりはじめると、どんどん彼のことを意識してしまって、ソフィオナは両頬に手をあてる。

「こっ、この後は、どうしますか。ええと、もうすぐ夜ですし」

「ああ、それなら食事の予約をしていて――」

と、セドリックが答えている時、ボックス席の背後から声がかけられた。

「もし、ウォルフォード夫妻でいらっしゃいますか？」

突然の声かけにハッとする。それはセドリックも同じだったようで、さっとフィオナを抱き寄せ、彼女を守るような形で声の主に目を向けた。

声をかけてきたのは劇場のスタッフだ。濃いグレーの詰め襟コートを纏った彼は、スマートな動作で胸の前で手を合わせながら一礼し、一通の手紙を差し出してくる。

「失礼。――あちらの席の方から、このお手紙をお預かりしております」

スタッフが指し示したのは、ちょうど一般観覧席を挟んで反対側、下座側のボックス席の一角に佇《たたず》む男性のようだった。恰幅《かっぷく》のよい中年男性で、こちらが見ていることに気が付いたのか、被っていたハットを胸の前に掲げている。もちろん、フィオナにとっては見知らぬ相手でしかない。

セドリックも怪しく思ったのだろう。訝《いぶか》しげな顔をして、ぺらりと封筒の裏を見る。そこに記された名前を見て、驚きで目を見張った。

「デメトリオ・レグロ・テジェリア」

「ご存じなのですか？」

「ああ、名前には見覚えがある。わざわざ私たちの足止めをしてくれたこの国の大臣が、このような名前だったな」

「え？」

フィオナも目を丸くした。

帰国の許可が取り消され、足止めをされた時のことだ。ナバラル王国中枢の人間がセドリックとの面会を望んでいるとは聞き及んでいた。もしかして、その人物だったりするのだろうか。

セドリックは眉間に皺を寄せたまま封を切る。それから中の手紙にさっと目を通し、ソファーに体を預けたかと思うと、大きく息を吐いた。

「フィオナ、大変心苦しいが、今日のレストランはまた別の日に行くことにしてもいいだろうか」

「もしかして」

「向こうが面会を希望している。帰国できない以上、行かないわけにはいかないだろう？　場所はこの劇場のすぐ近く――あまたの貴族が集うと有名な、会員制の社交場『月海の帳』だ」

月海の帳に一歩足を踏み入れた瞬間、その深く悩ましげな芳香にフィオナの背筋が伸びた。

入ってすぐの受付フロアからすでに薄暗く、赤い絨毯《じゅうたん》が延びている。けれど重たい扉に閉ざされて、その奥がどうなっているのかちっともわからない。ただ、今まで一切関わることのなかった大人の社交場であることは確かだ。

ちょうど大人っぽいドレスを身に纏っているから、浮くことはないと信じたい。ウォルフォード家の妻として恥をかかないようにせねばと、表情を引きしめる。

「ウォルフォードさまですね。――はい、お話はうかがっております」

受付の男性は恭しく一礼してから、ベルを鳴らす。

「シークレットフロアの最奥の間へお連れしろ」

なにやらとても怪しげな単語が聞こえてきたが、シークレットフロアとはいったいなんなのだろうか。セドリックを見上げると、彼は冷えたフィオナの手を握りしめ、大丈夫だと笑顔を見せてくれた。

さすがセドリックと言うべきか、場馴れしている。彼は堂々としたもので、フィオナをエスコートする形でフロアの奥へと入っていった。

途中、メインフロアの横を通り過ぎた。フィオナたちよりも年齢がやや上の男女が集い、皆楽しげに談笑している。特に女性は皆、例外なく大人っぽくて色気がある。なんだか自分との違いをひしひしと感じて居たたまれない気持ちになるが、背中は丸めない。日頃レッスンで学んでいる通り、少しでも美しく歩けるように心がけた。

そうしてたどり着いた先、シークレットフロアの最奥で待っていたのは、フィオナたちが想定していた人とは別の人物だった。

「やあ、よく来たね」

よく通る若い声だ。

重たい扉の向こう、フィオナたちを出迎えたのは二十歳過ぎの青年だった。青みがかった銀髪をゆったりと三つ編みにして、中性的な雰囲気を纏った華奢で美しい男性。

印象的なのはその瞳だ。まるで夕日が沈む海を思わせるグラデーション。この色彩の瞳を持った人物を、フィオナは他に知っている。

「初めまして、ウォルフォード夫妻。ようこそ、月海の帳へ。僕はカリスト・イサーク・エメ・ナバラル。この国の第二王子さ」

底の見えない笑顔を貼りつけている彼こそが、クラウディオと王位継承権争いをしている王子ということか。まさかの出会いにフィオナは絶句する。

一方の、セドリックの方はあまり驚いてはいないようだった。もしかしたら、この展開を予測していたのかもしれない。

「リンディスタ王国ウォルフォード公爵家のセドリック・ウォルフォードです。カリスト王子殿下に拝謁いたします」

「その妻、フィオナ・ウォルフォードです。ごきげんよう」

「ああ、堅苦しい挨拶は不要だよ」

カリストがヒラヒラと手を振ると、彼の従者らしき男がテーブルにワイングラスを並べはじめる。

「どうぞ、ここは僕の自室のようなものだから、好きに寛いでくれ」

「いえ、お構いなく」

セドリックはワインを固辞しながら、カリストに厳しい目を向けた。

「どうやら来る場所を間違えたようですので。私どもを招待してくださった方が見あたらないので、これで失礼しようかと」

「それは冷たいな。――すまないね、テジェリアの名前を借りただけなんだ。少し、君たち夫妻と話がしたいと思ってさ」

「国政に関わることでしたら、リンディスタ王国を通してお願いいたします」

「うん。それはもちろんそうなんだけど、オズワルド殿下の右腕である君とは、一度話しておきたいと思ってね」

そう言いながらカリストはソファーからテーブル席へと移動する。

夜の時間だからか、ワインと一緒にチーズやハムなどの軽い食事が用意されていく。セドリックはそれを一瞥《いちべつ》し、ひとまず話を聞こうかとカリストの向かいの席に座った。もちろんフィオナはその隣だ。

「単刀直入にお願いするよ。――セドリック・ウォルフォード。君、僕につかないか？」

「つく、とはどういう意味でしょう？」

「はは、わかっているくせに。兄上でなくて、僕の後見についてくれないかということさ」

「他国の人間になにを仰るか」

セドリックはわざとらしく肩を竦めてみせた。聡明な菫色の瞳が、相手を見定めるように光る。

「言いたいことはちゃんと伝えておかないといけないからね。僕の主張も聞いてよ。君の国は、このナバラル王国と今と同じ取引を続けたい。そのためには保守派である僕が邪魔――そう勘違いしているんじゃないかなと思ってね」

「勘違い？」

「そう、勘違いだよ。兄上が発展させたこの中心街を、今、維持管理しているのは誰だと思っている？」

ここは月海の帳。この街で最も力を持つ者だけが利用できる、憧れの社交場だ。

その一番奥のフロアを占拠している主こそ、この街の主である。昔と今とではこの街の主が代わったと、そう主張したいのだろう。

「僕が王太子になったら、ナバラル王国は昔の形に戻ってしまう。――なんて、それを心配しているのなら杞憂《きゆう》だ。僕もこの国を愛しているからね。他国と共存していく道は大事にしたいし、これからも君の国と仲よくやっていきたい。そう考えているんだ」

「左様ですか」

「兄が即位しても、僕が即位しても、君の国にはデメリットがない。であるならば、僕は君たちが後見に立ちたいと思うような追加の取引を申し出たい」

塩や海産物、宝石、そして織物――様々な項目を挙げ連ねながら、カリストはその取引でリンディスタ王国を優遇する用意があると主張しはじめた。もちろんセドリックは眉間に皺を寄せたままだ。カリストの甘い誘いを厳しく分析しているのだろう。

「――なるほど、どれもこれも魅力的なお誘いですね」

「だろう？」

「ですが、いち個人としてこの国に訪問しているだけの今の私に判断できるはずもありません。あなたさまの提案は、一度国に持ち帰らせていただきましょう」

これから先の国の方針を決める大事な取引になるだろう。そんなものを、いち官僚が勝手に約束できるはずがない。

「これ以上の交渉は無意味です。交渉を続けたいと仰るのなら、せめて一度、私たちを国に帰らせてください。話はそれからだ」

「待ってくれ」

そうセドリックが立ち上がったところで、カリストの声が低くなった。

「そうだね。大事な国同士の約束を、君ひとりの判断で了承するなど不可能だ。――であるならば、君ひとりの判断で約束できるような条件と交換するのはどうだ？」

「どういう意味でしょう？」

セドリックは片眉を上げた。両手をテーブルについたまま、カリストに顔を向ける。

カリストも同じように立ち上がって、ぐるりとテーブルを回り込んだ。そうして、ちょうどフィオナとは反対側に近付き、セドリックになにかを耳打ちする。

「ふざけるな‼」

瞬間、セドリックが叫んだ。

「どいつもこいつも！　非常に不愉快だ！」

いったいなにを言われたのかはわからない。けれども、彼が激昂《げきこう》する内容ということは、もしかしてとも思う。

「フィオナ、帰るぞ！」

ぐいっと腕を引かれ、フィオナも立ち上がる。

頭がはてなでいっぱいになっているが、考えるのは後だ。セドリックに引っ張られるような形で、ひとまず部屋を出ていこうとする。

「――ああ、そうだ、ひとつ忠告しておくよ」

しかし、そこでカリストに声をかけられ、セドリックは立ち止まった。

「君が了承するまで、この国から出ていくのは無理だと考えてくれて構わない。――ああ、別荘街ではいつまででもゆっくり過ごすといいよ。でも、君たちがいるのはナバラル王国。そして、僕はこの国の王子であることを忘れないでもらいたい」

「ご忠告、痛み入ります」

「近々君をパーティーに招待しよう。ああ、心細くなくていい。君のところの王太子殿下にもしっかり招待状を送っているからね。うん。僕は別に君たちをこの国に監禁しようとか、そういうつもりは全然ないんだ。――僕の誠意、伝わったかな」

「白々しい」

セドリックは吐き捨てるように呟き、最奥の部屋を後にする。

大股でずんずんと歩き、月海の帳を出て馬車に乗る。座席に座るなり、彼はギュッとフィオナを抱きしめた。

「――――どう考えても――――だな」

ぼそりと、力なく呟く。

暗い声だ。自分の無力さを嘆くような苦しそうな声。

彼がなにを言いたいのかは、フィオナも予測できた。

おそらく、フィオナが女魔法使いであることがバレている。そして、カリストはその秘密を知っているぞと、セドリックを脅したのだろう。

もちろん、正確になにを言われたのかまではわからない。ただ、今はまだセドリックに説明する気はないようだ。

話を聞くのは、彼がもう少し落ち着いてからにしよう。そう決めて、フィオナもずっと彼に寄り添っていた。

歌劇で楽しかった気分なんて、全部どこかへ行ってしまった。

今は、彼が心を痛めていることがなによりも悲しい。だからフィオナは、彼の背中を優しく撫で続けた。


「――すまない、少し出てくる。今夜は先に眠っていてくれ。けっして別荘の外に出てはいけない」

「え？」

別荘に着き、玄関先まで案内されたものの、セドリックはすぐにフィオナに背を向けてしまう。

「セドリックさま、教えてください。いったいどこへ」

それくらいは聞いてもいいような気がした。フィオナにだって、彼の心配をさせてほしかった。

「あいつの――クラウディオの屋敷に行く」

セドリックの瞳は怒りで燃えたぎっていた。ギュッと拳を握りしめ、遠くの空を見る。

「あんな男が国王になるくらいなら、クラウディオの方が百倍マシだ。背中を蹴って焚《た》きつけてくる」

「セドリックさま」

それを聞いて、正直幾分か安堵した。

セドリックはただただやられているわけではない。この状況に立ち向かうつもりでいる。

「フィオナに結婚を申し込むなら、この国の頂点に立ってくれるくらいでないと困る。――まあ、立ったところで、フィオナを譲るつもりはないがな」

そう吐き捨てるように言う彼が頼もしい。フィオナは眦を下げ、大きく頷いた。

「そういうことでしたら、セドリックさま。わたしの刺繍を持っていってください」

「フィオナ」

クラウディオの近くには、彼に魔法をかけたというはぐれ魔法使いがいるはずだ。そしてそれが誰なのか、おおよその見当はついている。

口論になったあの日からクラウディオのところに顔を出していなかったから、病状が悪化している恐れがある。クラウディオと話がしたいのに、できない可能性もあるのだ。

それに、セドリック本人にだって万が一のことがあってはならない。

「魔除け代わりにはなるでしょう？　クラウディオ殿下にその気になってもらいたいのでしたら、気持ちも前向きになっていただかないと」

「――そうだな。頼めるか」

「はい。少し待っていてくださいね」

フィオナはにっこりと微笑み、一度部屋に戻った。すぐにいくつか刺していた刺繍をかき集める。

この国にやってきてから創作意欲が溢れたおかげで、新しいものがかなり増えているのだ。

フィオナは魔力による癒やしの効果を実感するようになって、針を通しながらたっぷりと祈りを込めることが増えた。魔法の精度も上がっている気がして、最新のものはきっと効果も強いはず。

セドリックのお守り用とクラウディオの治療用。それらにさらに魔力を込めながら廊下を歩く。

次に向かったのは厨房で、作り置きしていた茶菓子を袋に詰め、玄関口へと戻っていった。

そうしてセドリックにすべてを託し、フィオナは彼の手をくいっと引いた。

屈んでください。――それは彼が仕事に出かける時、いつもフィオナがしていた合図だ。

彼も微笑み、わずかに背を丸めてくれる。そうして、フィオナは自分から彼の唇にキスをした。

「セドリックさま、どうかご無事で。お帰りをお待ちしていますね」

「もちろんだ、フィオナ」

＊

待ってください、と声がかかる。けれども、いちいち案内してもらうことすら煩わしくて、セドリックは慣れた屋敷の中をずんずんと進んでいく。

「クラウディオ！」

夜が更けたこんな時間でも、クラウディオは寝室に戻ることもなく、居間に居座っている。

以前、なにげない会話の中で彼は言っていた。この部屋の窓が一番大きくて、海がよく見えるから好きなのだ、と。

昼も夜もなく眠り続けている彼は、わざわざ寝室に戻ることもない。あのカウチソファーの上に寝そべり、ぼんやりと海を見つめているそうな。

「――とうとう、敬称すらつけてもらえなくなったか」

セドリックの怒声に、クラウディオは背中を向けたまま返事をした。たった二日空いただけだが、魔法による精神侵蝕が進んでしまっているようだ。カウチソファーからだらりと垂れ下がった腕には力がなく、青白い手首がやたら細く見える。

ただ、もう片方の手には見たことがあるハンカチーフが握られていることに気が付いた。以前、呆けていた彼を心配してフィオナが握らせていたものだ。

そういえば、回収することなく持たせていたままだった。そのハンカチーフのおかげで、どうにか話をできる程度には精神を保てていたらしい。

「ウォルフォードさま！　いくらなんでも強引すぎます！」

「主は今、お休みになっていて――」

「待て。――かまわん」

使用人たちがセドリックを引っ張っていこうとしているところを、クラウディオが制止する。いつものように手を振ることで、皆、口を閉ざしてその場から去っていった。

セドリックはクラウディオを見つめていた。

長身で、それなりにしっかりとした体躯《たいく》の男だが、こうして見ると随分と細く小さく見える。

「無様なことだな」

「好きなだけ笑え」

「笑うか」

　ツカツカツカと、クラウディオのそばまで歩いていき、ふぁさりと布を落とした。

　ようやく頭を上に向けたクラウディオの顎を強引に掴む。そうして、持参したフィオナの菓子を彼の口いっぱいに詰めた。

「これはフィオナの情けだ、受け取れ」

「んぐっ⁉」

「私はフィオナではないからな。ついでにうまい茶が出てくるなどと期待するな」

　最近はビスケットを作るのがフィオナの密かなブームらしい。今日はナッツとドライフルーツのたっぷり入ったビスケットだった。

　飲み物がないので口の中がパサパサになるだろうけれど、知ったことではない。せっかくのフィオナの菓子がただ治療のためだけに消費されるのは惜しいが、彼には精神を回復してもらわないと話にならないのだ。

「いつまでこの家に引き籠もって拗ねているんだ、お前は」

「…………っ」

　口の中にビスケットを詰めたまま、クラウディオは目を見開いた。

「体が思うように動かない？　お前だって馬鹿ではないのなら、原因くらい特定できていたのだろう」

　反論するためにはそのビスケットを食べきらないといけない。不格好に噛み砕き、飲み込み、ごほごほと咳き込んでいる。

　ざまをみろと思う。いつも人を小馬鹿にしたような笑みばかり浮かべる小綺麗な顔が間抜け面になって、多少は溜飲《りゅういん》が下がった。

「ぐっ、んぐっ。――けほっ、別に、私は王太子になることにこだわりはない」

「だからといって、臣下の愚行を正さず、見ないふりをするのか？　お前が毛嫌いしていそうな中途半端で生温い対処法じゃないか。随分とお優しいことだな」

クラウディオが初めて、動揺で瞳を揺らした。

セドリックには、おおよそはぐれ魔法使いの目途はついている。ただ、証拠がないだけだ。

そしてきっと、クラウディオ本人もわかっているはず。聡い男だ。身の回りの人間の変化を見逃すはずがない。

クラウディオは目を見開き、唾を飲み込んでいた。しばらくの沈黙の後、重たい口を開く。

「――アレを極刑にしたくない」

やはり、特定できていたらしい。セドリックは体温がスゥーッと下がっていくのを感じながら、クラウディオを見下ろした。

クラウディオへかけられた魔法は、毒と同等か、それ以上の効果を成している。王族へ危害を加えたとあらば、当然極刑だろう。それをわかっていて、この男はそのはぐれ魔法使いとやらの茶番に付き合っているのだ。

「そのためなら、お前自身が殺されても構わないと」

「死なぬよ。そういう魔法ではない」

魔法という単語が出てきて、いよいよ語るに落ちたかと思った。

しかし、クラウディオはわかっていない。その魔法は彼が考えている以上に厄介なものであることに。

「いや、死ぬ。本人も制御しきれていないのなら、そういう魔法にもなる」

「――なに？」

クラウディオは目を見張った。

やはり、魔法に対する知見は、リンディスタ王国の人間の方がはるかに勝る。

少なくとも、今回使用されたものに関しては、クラウディオが考えているような生温いものではない。

「お前は、その大事にしている臣下とやらに、お前を殺させていいのか？」

「…………っ」

クラウディオが信じられないという顔をした。

しかし、魔法に関しては彼本人も、知見が浅いという自覚があるのだろう。セドリックの言葉を呑み込むしかない。

「お前の臣下が、なにを考えてお前にこのような愚かな魔法をかけているのかはわからん。私に理解できるようなものではないのだろう。だが、その茶番に付き合った末に、その者の望む結末とやらは得られるのだろうな？」

「おそらく、あと一年だ」

「それまでにお前の命が先に尽きる。私もフィオナも、馬鹿の延命に付き合ってはいられんぞ」

セドリックは冷たく言い放ち、クラウディオの向かいにあるソファーにどかっと腰かける。そうして長い脚を組み、背もたれに身を預けた。

「お前が動かないなら、私が勝手に動く。お前が匿《かくま》っている臣下とやらをあぶり出して捕らえてやろう。そうしたら、お前の体調は必然的に快方に向かうだろうな」

「やめろ」

「いくら精神に影響を受けていたとはいえ、お前ならば、こうも落ちる前にどうにかできたはずだ。その臣下の愚行を止め、同時に助けてやることもな」

「うるさい、簡単に言うな」

まあ、クラウディオの反論もわからないでもない。その精神への影響がどれほどのものだったのか、当の本人にしかわからないのだから。

しかし、彼はこの国の第一王子だ。王族としての責任がある。

のらりくらりと政務から逃げる厄介な男だとは聞いていたが、優秀だからこそ見えたものもあっただろう。ずぶずぶに魔法に侵される前に、できることはいくらでもあったはずだ。

「第二王子とやらに会ってきた」

「っ――！」

クラウディオの顔色が変わった。

やはり、この家に引き籠もっていたせいか、その信頼する臣下とやらが情報を制限しているせいか、知らなかったらしい。

「正確には、強引に面会させられた。アレはだめだ。あんなのがやがて王になるだなんて、私の国は認めないだろう」

「国の代表にでもなったつもりか」

「判断を持ち帰るまでもない結論だ。アレが王太子になってみろ、どうあったとしても、私が全力で引きずり下ろす。そうしたら、余ったお前が強制的に王太子だ」

「好き勝手なことを」

「いい加減、腹を括《くく》れ」

クラウディオがなぜ王太子という身分につきたがらないのかはわからない。

まあ、自由な男だ。行動に制限がかかることで、できないことも増えるだろう。

商業に興味があり、自ら庶民ともやり取りをしているはず。王太子ともなれば、それも許されない。著しく制限がかかることを面倒に感じる性格なのは推察できる。

（自らの数年を捨てることで、カリストに王太子の座を譲り、その後復帰する算段か？）

クラウディオはどう見ても優秀な男だ。いくらクラウディオ本人にその気がないとはいえ、王位継承権を放棄することは許されなかったと見ていい。許されているのであれば、こんな回りくどいことをする必要などないからだ。

（わからん。だが、コイツの事情などどうでもいい）

今日、カリストは、フィオナが欲しいとはっきりと言った。セドリックの耳元で、実に楽しそうに提案してきたのだ。

『君の奥方を、僕に譲ればいい。君だけがその条件を呑めば、ナバラル王国はリンディスタ王国とよりよい関係を築けるよ』

離縁することで、彼女をナバラル王国に捧げよと。わざわざ問題を国に持ち帰らずとも、それならば即答できるだろう――と。

交渉しているように聞こえたが、あれは脅しだ。フィオナを差し出さなければ、リンディスタ王国には帰れないと思え。そういうことだろう。

後日、パーティーにオズワルドを招待したとも言っていた。それも、なにか算段があってのことだ。

セドリックの腸は煮えくり返っていた。

あんな男にフィオナを渡すなどあり得ない。

(一千万歩譲って、まだクラウディオの方が理解できる)

クラウディオは、セドリックと同じだ。

おそらく周囲の人間のために、自分が苦しむ道を選んだ。

魔法による体調不良を甘んじて受け入れていたとはいえ、それを緩和してくれるフィオナの存在を女神のように感じただろう。

どれだけ本人が強がったとしても、長く自分の体を追い詰めると精神が弱る。そこに差し出された温かい手に、どれほど救いを得るか。セドリック自身も痛いくらいに実感している。

フィオナの温もりを思い出す。

かつて、まともに眠れず、味覚も感じず、心を動かすことすら億劫だった自分に差し伸べられた手。彼女の与えてくれた光に、どれほど救われただろう。

(ああそうだ！　彼女に恋をした者同士、この男には共感できる！　不愉快極まりないがな‼)

それに、この男は強引にフィオナを拐《かどわ》かそうとはしない。これも実に腹立たしいことだが、真っ正面から彼女を口説き落とそうとしている。

日頃の言動のせいで、フィオナには完全に軽口だと思われているあたり自業自得だが、正攻法で挑もうとする気概は認めてやってもいい。

（もちろん、譲るつもりなどないがな）

ただ、ふたりのうちのどちらが王になると都合がいいか。それがクラウディオに傾いただけ。それだけだ。

「いい加減私は、腹が立っているんだ」

セドリックは眉を吊り上げ、クラウディオを睨みつける。

「望むものがあるなら、お前が頂点に立って自らの手で手に入れればいいだろう？　それくらい気概のある男ではないのか」

「簡単に言うな！　なにも知らないくせに‼」

バン！とソファーを叩き、クラウディオが立ち上がる。刺繍入りのハンカチーフを握りしめながら、彼は声を荒らげた。

夕日が沈む海の色をした瞳が、今までにないほどの激情に染まっている。

「私が変えられるのは表面だけだ！　この国の根底は、なにも変わらなかった！」

クラウディオの心からの叫びに、セドリックは口を閉ざす。

「——ああそうだ。私が変えられたのは、この国の表面だけだったよ。一見華々しい中心街の光に紛れて見えないかもしれないが、この国は停滞している。陰湿で、保守的で、どうしようもない者たちが中心に居座ったままだからな」

「クラウディオ」

「私を王太子にしようとする者たちは、その方が対外的に見映えがいいと思っているからにすぎない。王太子に立たせて、私から今の周囲の人間を引き剥がし、孤立させて傀儡《かいらい》にしようとしているんだ。あまりに馬鹿らしくないか？　そんな中央に付き合うだなんて」

クラウディオは渇いた笑いを漏らした。

「そんな奴らのために、どうして王座になどつかなくてはいけない？　面倒だろう？　こうして外で、好き勝手している方がよっぽど楽だ」

「それは違う」

「違わない。どうせあと一年だ。王座に固執しているカリストが王太子になればいい。そうしたら私は自由に動ける。華々しい場所に居場所を作って、たとえ王でも私のものを奪えないような地位を築けばいいだけだ。そうすれば私は、望む未来を手に入れたも同然だろう？」

「そのためならさらに一年、お前自身を犠牲にしても構わないと？」

「構わないさ」

「お前を縛りつける誰かの心に、傷をつけ続けてもか？」

「――――っ！」

クラウディオの顔色が変わった。

その瞬間、セドリックは理解した。クラウディオはただ目を逸らしているだけなのだと。

このぬるま湯に浸っているだけでは、その誰かのためにはならない。物事の本質は見えているはずなのに、きっと見て見ぬふりをしてきた。

そんな生温い男に、これ以上助け船を出してやる義理もない。

「今渡したのは、フィオナの最後の情けだと思え。これ以上救いの手は差し出さない。——王太子が決まるその日まで、お前の命が保つといいな」

「この……！」

クラウディオは怒りに滾《たぎ》る目でこちらを睨みつけてくる。

剥き出しの感情だった。しかし、それ以上反論することはない。

「…………っ」

クラウディオは言葉を呑み込んだ。

やがて項垂《うなだ》れるようにして、どかりとソファーに腰かける。そうして、深く——本当に深く息を吐き出してから、恨みがましそうに呟いた。

「——逃げることを許さないなんて、随分横暴な男だな」

「だろうな」

クラウディオはかつてのセドリックと同じ。大切な存在を前に、動けなくなってしまっている臆病者だ。

酷なことを言っていることはわかっている。見たくないものから目を逸らし続けたい気持ちは、誰よりもよく理解しているつもりだ。

(私にはフィオナがいたからな。結果的に、逃げずに済んだ)

自分は恵まれていた。それも自覚している。

同じことを要求するのは酷だろう。それでも、彼には逃げないでいる選択肢が選び取れるはずだと思っている。

ふぅ――、と。クラウディオは長く息を吐いた。

「――わかったよ」

そうして、絞り出すようにして吐き出す。

「面倒がらずに正してやる。全部をだ」

おそらく、クラウディオはなにかきっかけが欲しかったのだろう。

聡く、実行力もある男だ。時間をかけて立ち向かいさえすれば、実現できない政策はない。それでも、長く魔法に囚われた心では、その一歩が踏み出せなかった。

（この男は、フィオナの力を即座に理解し、彼女を求めた）

それは、心のどこかで変化を求めていたに他ならない。そう感じたからこそ。

わざわざ恋敵に手を貸すのは癪《しゃく》だが、このままだと寝覚めが悪い。

「少しはマシな面構えになったな」

「偉そうに」

軽口を叩いているが、実際クラウディオの目つきが変わった。なにを考えているかわからなかった胡散臭い笑顔も、少しは感情の見られるものになっている。

「だいたいセドリック、お前も無防備すぎるんだ。――もう少し彼女の正体を隠せ。私のような人間に掠め取られるぞ」

痛いところをつかれてセドリックは眉間に皺を寄せる。

それはその通りだ。フィオナが女魔法使いであることは、すでにクラウディオに筒抜けなのだろう。実際、カリストにも確実にバレている。

苛立たしくて鼻を鳴らす。そんなセドリックに向かって、クラウディオは実に楽しげに口の端を上げた。

「私にやがて王になれというのであれば、セドリック、お前も彼女の夫であり続けるための地位と実力くらいは身につけてくれるよな？」

「………当然だ」

互いに、大変な無理難題を押しつけ合っている気がするが、クラウディオの言っていることはもっともだ。

フィオナが女魔法使いであることは遅かれ早かれ明るみに出るだろう。そうなった時、セドリックとの婚姻程度で彼女の身柄を守りきれるだろうか。

セドリックよりも身分が上で、彼女の存在を欲する輩はこれからも大勢現れるだろう。そうなった時、自分は彼女を護らないといけないのだ。

（フィオナは、自分の治療の力を世に役立てたいと――本心では、そう願っているはずだ）

でも、その力を隠させているのは単純にセドリック側の事情だ。そうしないと、彼女を護りきれないと思ったから。

（優しい彼女のことだ、目の前で苦しむ人を放っておけるはずがない）

だからこそ、今回も、正体がバレる危険を冒してまでクラウディオを助けた。これから先も似たようなことは確実に起こるはずだ
「わかっていないようだからはっきり言うが、セドリック、お前が感じている以上に彼女は隙だらけだ」

マイペースな彼女が隙だらけなのは今にはじまったことではない。わざわざ忠告される意図がわからず、片眉を上げる。

「お前、まだ彼女を抱いていないだろう？」

「な……っ⁉」

まさかのツッコミに、これまでの張り詰めた空気もどこへやら、カッと体温が上がる。

「それは関係ないだろう‼」

気が付けば、頬を真っ赤にして主張していた。

「関係あるさ。だから他の男がちょっかいをかけたくなるんだ」

「それは――！」

セドリックと違って、クラウディオは男女の関係性というものに敏感なのだろう。確かに、見る目を持った者からしたらわかるのかもしれない。

自分がもたもたしている自覚もある。だからこそ、こうして指摘されると反論の余地もない。

「そもそも、お前、本当に彼女を愛しているのか？」

「当たり前だ‼」

「中途半端だから、周囲にとってはお前の愛とやらが疑わしく思えるんだ。しっかり愛して、彼女にも隙を作らせるな」

的を射た意見に、セドリックは唇を噛む。

言われっぱなしは性に合わない。だから、先ほどまでの仕返しのようなものなのだろう。クラウディオはからかうような目を向け、ニマリと口の端を上げた。

「ひとまず、王太子となる私に絡め取られぬようにな」

「――っ、当然だ！」

厄介な男を焚きつけてしまったかもしれない。

けれども、この選択を後悔することはない。セドリックは覚悟を決め、彼の部屋を後にした。

ずんずんと廊下を歩いていく。

もう、クラウディオの屋敷のことは熟知している。玄関へ向かう廊下を歩きながら、セドリックは考える。

最後の最後でとんでもない無理難題を押しつけられた。フィオナが女魔法使いであると世間にバレたとして、これから彼女をどう護っていけばよいのだろうか。

――いや、そのような可能性があることにはとっくに気が付いていた。そうでありながらも、セドリック自身もその課題から逃げていただけだ。

(クラウディオのことをどうこう言えないな)

本当に自分は至らない。色々器用なつもりではいたが、フィオナと出会ってからはなにもかもが足りていないと思い知らされてばかりだ。

これから先、女魔法使いであるフィオナと幸せを掴むため、彼女を欲する男たちから彼女を護り続けないといけない。

(――彼女を護りきれるだけの力か)

次期公爵だなんて曖昧な地位では足りないのだろう。女魔法使いである彼女の配偶者に相応しい、誰もが納得するような地位、功績、名誉――。

（課題は山積みだな）

それら全部を手に入れるための方法など、いまだに答えは出ない。闇雲に霧の中を歩いているような感覚すらある。

（彼女を愛して、隙を作らせるな――か）

クラウディオの言う通りだ。彼女はセドリックのものだと、彼女の身に刻みつけて、誰の目にも明らかなくらいにたっぷりと愛したい。

ただ、最後の最後で一歩踏み出せないのは、彼女が――。

「本日は、奥方さまはご一緒ではないのですね」

フィオナのことで頭がいっぱいで、反応が遅れた。

ちょうど屋敷を出ようとしたその時、後ろから声をかけられ、振り返ろうとする。しかし、ふわりと強い他人の魔力を感じた瞬間、セドリックの思考がかき混ぜられたかのような感覚がした。

（まず、い……！）

魔法だ。すぐにセドリックは先入観に囚われていたことに気が付く。他人の精神へ影響を及ぼす魔法は、どこかフィオナの扱うものと似ていると。だから、食べ物などを媒介にするか、直接触れられない限りは大丈夫だと。

でも、違った。多少離れていても、ある程度は相手に影響を及ぼすことが可能らしい。

「ちょうどよかった。おひとりの時にどの程度効果があるのか、試してみたかったのです」

直接触れられ、さらに強い魔力が流し込まれた。

ぐるん、と体内の魔力が一回転する。瞬間、吐き気をもよおしてその場にしゃがみ込んだ。

（これは……すぐに、対処、を……）

確か、アランがなにかを教えてくれていたはずだ。別荘でへらへら笑いながら、ああでもないこうでもないと考察をしていた。しかし、このぼんやりした頭では、すぐにその言葉を思い出せない。振り返った時にはもう、誰の姿もなかった。セドリックは額に手を当てたまま、よろよろと立ち上がる。

（なにが……起こった……）

思考がまとまらなかった。

声がした。その声が誰のものか、はっきりと突き止めなければいけなかったはずだ。

聞き覚えがあるはずなのに、それが誰のものなのかなぜか掴み取れない。

（でもなぜ？　なんのために？）

そんなこと、考えなくてもよいのではないだろうか。

緩慢な意識をたぐり寄せる気にもならず、セドリックは待たせていた馬車に乗り込む。

御者が一瞬怪訝そうな顔を見せるも、この後向かう場所は決まっている。なにを言うこともなく馬車が走りはじめ、セドリックは暗い車内で床に膝から崩れ落ちた。

（――まずい）

なにがまずいのかはよくわからない。そこまで思考が行き着かない。

本能的にセドリックは懐を弄《いじ》り、彼女に渡されたお守り代わりのハンカチーフを握りしめる。

鈍い意識の中で思い浮かぶのは、フィオナのことばかりだった。

このままでは彼女は取られてしまう。自分などでは、彼女を捕まえたままではいられない。

先ほど散々クラウディオに煽《あお》られたからだろうか。いつか彼女が離れていく未来が頭をよぎる。

――だから彼女を奪わなければ。

セドリックは、そう思った。

誰にも渡さないように。強く。強く。彼女を繋ぎ止めなければ。

＊

別荘の外に馬車が止まる音が聞こえて、フィオナは安堵した。

きっとセドリックに違いない。クラウディオと話をつけて、帰ってきたのだろう。

彼が望む結果に話がまとまったのかどうか、そわそわしながら玄関先へ向かう。

きっと疲れ切っているだろう。軽食でも出すべきだろうか。それとも先に湯浴みを望むだろうか。

いずれにせよ、精いっぱい彼を労いたくて玄関の扉を開けた。

セドリックはちょうど、馬車から降りたところだった。

外はすでに真っ暗で、馬車の向こうに深く暗い色をした海が広がっている。今日は月明かりもわずかで、彼の顔がよく見えない。ただ、背を丸めたままゆらりと動く彼の姿は異様だった。

右手には、家を出る前に渡したはずのハンカチが握りしめられている。なんだか随分と手に力が籠もっているようだ。

「……セドリックさま？」

お帰りなさい。そんな、普段当たり前に出てくるはずの挨拶が、この時ばかりは出てこなかった。

心臓がとくとくと、早鐘を打ちはじめる。

すぐにわかった。これは恐怖だ。

嫌な予感がした。いつもなら、呼びかけたらすぐに彼は笑って、フィオナを迎えるために両手を広げてくれる。フィオナはその腕の中に飛び込んで、彼からのキスを受けるのだ。

毎日繰り返している幸せな挨拶、それが今は想像できない。

「セドリックさま、お帰りなさい」

恐る恐る、彼のもとへと歩いていく。

そばに立っている御者が困惑するようにこちらを見つめている。その心配そうな眼差しに、なにがあったのかと訊ねたい。

でも、今はセドリックだ。

どうしてこちらを向いてくれないのだろう。どうして、笑いかけてくれないのだろう。どうして——。

「セドリックさま」

差しのべた手を、パシリと掴まれた。

彼が握っていたハンカチーフが地面に落ちる。それをまったく気に留めることもなく、彼はフィオナの顔を覗き込む。

菫色の瞳が暗く澱《よど》んでいる。見たこともない彼の表情に、フィオナは呼吸することもできなくなった。

「ああ、フィオナか」

その低い声にぞくりとした。

なんと、今の今まで気が付いていなかったらしい。彼の鋭かった眼光がわずかに緩むも、次の瞬間には彼に抱き上げられている。

「っ、セドリックさま⁉」

あまりに突然のことで、フィオナは驚きの声をあげた。

けれども彼は反応しない。大股で別荘の中に入っていき、迷うことなく階段を上っていく。

そうしてたどり着いたのは二階奥にある主寝室だった。

慌てる使用人たちに言い放ち、バン！とドアを閉める。そうして内鍵を閉めてから、彼は部屋の奥へと歩いていく。

「誰も入るな」

この別荘に来てからというもの、ここはいつも彼とぴったりとくっついて眠ることが許される特別な場所だ。

彼の体温を感じながら眠るのは、気恥ずかしくもあったけれど嬉しかった。

朝、目が覚めると、彼がフィオナをギュウギュウに抱き込んでいる。セドリックは朝が弱いらしく、寝ぼけたままフィオナの頬に擦り寄るようにして、甘えてくれるのだ。

そんな温かくて幸せな空間が、別の色に染められる。薄暗い部屋の中、フィオナはベッドに乱暴に下ろされ、組み敷かれた。

呼びかける間もなく、次の瞬間には唇を塞がれている。

いつもの優しいキスとは違った。乱暴で、荒々しくて、欲望だけで求められている激しいキスだ。

酸素が足りなくて苦しくて、ドンドンと彼の胸を叩いた。でも、セドリックはちっともやめてくれなくて、貪るようなそのキスは深くなっていく。

「ん……はっ、ぁ」

出したこともないような甘い声が出た。自分が自分じゃなくなっていくような感覚に、フィオナは泣きたくなる。

同時に、胸をかきむしりたいくらいに苦しかった。目の前の彼は、まるでセドリックではないみたいだ。

（いったいなにがあったの？　こんなの、以前のクラウディオ殿下みたい――）

そこまで考えたところで、ハッとする。

クラウディオのそばに、彼の精神を蝕んだというはぐれ魔法使いがいる。先ほどまでクラウディオに会っていた彼が、そのはぐれ魔法使いと接触した可能性が高い。

（もしかして、魔法――）

真実にほど近い場所まで思考がたどり着くも、すぐに考える余裕はなくなる。セドリックが強引にフィオナのスカートの裾を捲《まく》り上げたからだ。

太腿《ふともも》を滑る大きな手。いつもフィオナを優しく抱きしめてくれるはずの彼の手が、今はあまりに乱暴だった。

白い肌を滑り、太腿を強く撫でる。もう一方の手でフィオナの胸元のリボンを解き、ドレスのボタンを引きちぎった。

「待って、セドリックさま！」

フィオナの制止は届かない。

まるで壊れたゼンマイ人形のようにフィオナの名前を繰り返すだけだ。

「フィオナ――」

本能がフィオナを求めているのか、その手が止まることはない。彼がなにをしようとしているかくらい、フィオナにだってわかる。

いつか、彼と体を重ねる日が来るだろうと夢見ていた。

想いを交わし合った日から、セドリックはフィオナのことを大切にして、時を待っていてくれたこともわかっている。だから彼の中で色んな整理がつくその日まで、ジッと待ち続けていたのだ。

きっと、いつか来るその夜は忘れられない夜になるだろう。幸せで、でもちょっと気恥ずかしさもあって、やっぱり泣きたいくらい幸福で胸がいっぱいになる夢を抱いて、フィオナは本当にずっと待っていたのだ。

それがこんな形で壊されようとしている。

(そんなのだめ。絶対に、だめ……!)

彼がなにを想い、ずっとフィオナと体を重ねずにいたのかまではわからない。でも、彼の中に秘められていたとても大切な想いが、こんな魔法なんかに塗りつぶされる。

このままなし崩しに体を繋げたら、幸福な夢は粉々に砕け、きっと胸の奥に傷を残し続けるだろう。フィオナだけでなく、セドリックの心にも。

「セドリックさま！　こんな魔法のせいで、あなた自身を傷つけないでください！」

卑怯な魔法で、彼に一生治らない傷を負わせることなんて許せない。

だからフィオナは祈った。

彼をギュッと強く抱きしめ、体中の魔力の糸をたぐり寄せる。

それは初めての感覚だった。今まで感じたことのないような圧倒的な負の魔力。それがセドリックの体内に渦巻いていることを理解する。

（他人の魔力の形なんて、今までちっともわからなかったけど）

セドリックを蝕むものを、フィオナが見逃すはずがない。だから、その魔力を自分のもので包み込むようにイメージを広げていく。

塗りつぶす。どんどん塗りつぶす。黒を、白へ。負の魔力を全部だ。

（こんな魔力に負けないでください、セドリックさま……！）

――そして、フィオナの願いはちゃんと彼に届いたらしい。

「っ――――」

息を呑むような声が聞こえた。

かと思うと、フィオナを暴く彼の手がぴたりと動きを止める。

「…………っ、フィオ、ナ」

掠れた声が響きわたる。

顔を上げると、菫色の瞳と目が合った。

焦点の定まっていなかったその瞳が、ゆるゆるとフィオナの存在を認識していく。そうして、今、なにが起こっているのかを正確に理解したらしい彼が、目を見開いた。

フィオナを暴いていた彼の手が小刻みに震え出す。わなわなわなと、唇を開けたり、閉めたり。

そうして彼は、絞り出すようにして呟いた。

「私は、なにを――」

それ以上言葉は続かなかった。

彼は息を呑み、咄嗟にフィオナから離れる。呼吸することすらできない様子で、愕然とした表情をしていた。

後になって、己がなにをしたのか理解が追いついてきたのだろう。顔面蒼白《そうはく》のまま、ずっと震えている。

だからフィオナは手を伸ばした。彼を抱きしめるために、そっと。

「セドリックさま……！」

自分は平気だ。なにも怖いことなんてなかった。あなたが戻ってきてくれて嬉しい。心配することなんてなにもない。

色んな想いがない交ぜになって、上手に言葉にできなかった。だって、フィオナの体も震えっぱなしだ。怖くなかったと言えば、それは多分嘘なのだ。

「大丈夫。わたしは、大丈夫ですから」

それでも、抱きしめる腕にギュウギュウと力を込めて、彼を包み込む。

「愛しています」

変わらぬ想いが口をついて出る。言葉は動きとなって、フィオナは自らキスをした。

彼の唇は随分と冷えていた。だから体温を分け合うように、強く押しつける。彼が驚いたように目を見開くも、やめてあげない。彼の震えが止まるまで、何度も、何度も、深く唇を重ね続ける。

セドリックもやがて目を細め、フィオナを求めるようにキスをくれた。

それは優しいキスだった。さきほどまでのものとは全然違う。フィオナの心をうかがうような労りのキス。それが嬉しくて、心が優しさで包み込まれていくようで、フィオナは笑った。

「――ふふ。もう、大丈夫ですか？」

ようやく彼の体温が戻った気がして、眦を下げる。笑顔を作って、額をくっつけると、彼はますます顔をくしゃくしゃにして、フィオナを強く抱きしめた。

とても力強くて、苦しいくらいだ。でも、フィオナはそっと目を閉じて、彼の想いを受け止めた。

「っ、すまない。君に――怖い思いをさせた」

「はい」

「こんな乱暴な想いを、私は抱いて――」

「ええ」

「欲望のままに、ただただ君を貪ろうとした」

彼の声は掠れていた。

つっかえつっかえ、想いを吐露する彼の言葉に耳を傾ける。溢れ出る想いをそのままに吐き出す彼の懺悔《ざんげ》を、フィオナは彼の背中を撫でながら聞いていた。

互いの体温が温かい。それを感じているうちに、彼の呼吸が多少落ち着いてくる。

大丈夫。ここにいるよと何度も背中を撫でていると、彼がごくりと唾を飲み込むのがわかった。

「私は――多分、例の魔法に心を蝕まれたのだと、思う」

それはわかっている。セドリックを包む澱んだ魔力の形を、フィオナも確かに認識することができたから。

「あれは——恐ろしいものだった。己の精神を深く落とし、不安をかき立てるような」

セドリックの声が暗い。唇を噛みしめ、自分自身への怒りを隠そうともしない。

確かアランは、負の感情を増幅させると言っていた。その効果を目の当たりにし、フィオナは唇を引き結んだ。

「君を強引に抱こうとしたのは、私に不安があったからだ」

「不安？」

フィオナは顔を上げた。彼が抱えるものを知りたくて、ぱちぱちと瞬きながら続きを待つ。

「君は、綺麗で。優しくて。その上、こんな素晴らしい力を持つ魔法使いで。——誰も君という存在を無視できない」

セドリックの中のフィオナという存在は、とても美しいものとして映っているらしい。面映ゆくもあるけれども、それが彼の本心だと理解して、フィオナは息を呑む。

「クラウディオ、カリスト——誰もが、君という存在を欲しがる」

菫色の瞳は真剣だった。切実そうに声を詰まらせながら、彼は想いを吐露し続けた。

「そして、彼らが本気で君を手に入れようとしたら、私の身分と力では阻止しきれない」

「そんな——」

胸がズキリと痛んだ。

（まさかセドリックさまがそのようなことを考えていたなんて）

セドリックがどれほど重たいものを背負っていたのか、ようやく理解した。

フィオナはこの世界でたったひとりの女魔法使い。そしてその真価は、子を産むことでようやく発揮される。

フィオナの身には必ず魔法の才能を持った子供が宿る。有力者にとって、それは喉から手が出るほど欲しい存在であるだろう。フィオナもそれを理解していたがゆえ、自分が魔法使いであることを隠さなければいけないと思っていた。

でも、理解も危機感も全然足りていなかった。

セドリックが阻止しきれないと言い切るのはよっぽどだ。

「クラウディオも、カリストも、この国の王子だ。彼らに君を捧げることで、国が得られる利益があまりに大きすぎる」

その特異性ゆえ、フィオナの利用価値が高すぎるのだ。

オズワルドが望んでいないから、リンディスタ王国内では見逃されているだけだ。セドリックが王族と血縁関係にあることも大きいだろう。だからこそ今は、自由に泳がされている。

けれども、他国の王族がフィオナを望んだとすればどうだろう。その身と引き換えに、有用な取引がいくらでもできる。

逡巡《しゅんじゅん》した。国と国の取引に、フィオナは利用される可能性が高い。そして国が本気でそれを望んだのなら、公僕であるセドリックが拒むことは難しい。

頭では理解していたのだ。でも、フィオナはどこか安心してしまっていた。だって、フィオナにとってセドリックは、自分の未来を切り開いてくれた憧れの人で、素晴らしい才覚に満ち溢れた万能な人だから。

もちろん、弱いところもある。夫婦なのだから知っている。それでも、彼の隣にぴったりとくっついて歩いていけば、きっと大丈夫だと思い込んでいた。

セドリックはそんなフィオナに心配させまいと、大きすぎる不安を、ずっとひとりで抱え続けていてくれたのだ。そしてフィオナは、そんな彼の不安に気が付いてあげられなかった。

「もしかして、ずっとわたしを抱いてくださらなかったのは、子供が生まれた後のことを考えて？」

震える声で訊ねた。

世継ぎを作ることはフィオナの大事な役目だと認識している。

ひとり、ふたり。いったい何人の子を授かるのかはわからない。けれど、その子らが全員魔法使いだったら――フィオナが女魔法使いではないかと勘ぐる人は出てくるだろう。

セドリックの菫色の瞳が揺れる。そうして、どこか寂しそうに、悔しそうに笑うのだ。

「そうだ。だが、君が思うよりもずっと至らない。――私に覚悟が足りなかった」

「え？」

「多分、私は運命に怯えていたのだと思う」

セドリックが目を伏せる。

フィオナの頬をそっと撫でながら、苦しそうに目を伏せた。

「君が女魔法使いである事実を、受け止めきれていなかった。君を抱くということは、女魔法使いを抱くということだ。その責任を背負いきれるかと、いつも――」

――あと一歩が踏み出せなかった。そう吐露したセドリックは、よろよろとフィオナの肩口に顔を埋める。

「情けないだろう？　こんなに君を愛しているのに。――笑ってくれていい」

どうして笑うことができるだろうか。

真面目なセドリックが、その運命に真剣に向き合い続けたからだったのに。

「結果、魔法に侵されてこのザマだ。本音の欲望だけが爆発して、君を乱暴に抱こうとした。他の男に取られるんじゃないかと焦って、君を怖がらせて」

その言葉を聞いた時、フィオナは瞬いた。

「あの、セドリックさま」

だって、今の言葉にこそ、彼の本音が隠れていたから。

そしてその言葉は、フィオナがずっと聞きたいと思っていたものだった。

「わたしのこと――その、抱きたいと、思ってくださっているのですか？」

「当たり前だろう！」

「ひゃっ⁉」

ガバッと顔を上げて主張する彼の圧に、フィオナは息を呑む。

「君を抱きたくないと思った日など！　ただの一度もない！」

彼は真剣だった。まくし立てるように大声で主張する。

「この別荘に来て君とベッドをともにするようになってから、どれだけつらかったか――あっ」

瞬間、彼の頬がぱっと染まった。

ここまで言うつもりはなかったのだろう。恥ずかしそうに視線を逸らし、口を閉ざしてしまう。

羞恥のせいか菫色の瞳が潤んでいる。耳まで真っ赤にしたまま、彼は押し黙っていた。

寝室にふたり、静寂が包み込む。ぽかんとしたまま彼の言葉の意味を考えるうちに、なんだかとてもおかしく感じてきて、自然と笑みが溢れた。

「――――ふふっ」

一度溢れはじめると、もう止まらない。あはははは、と声をあげて笑ってしまう。

「笑わないでくれないか。私は、これでも真剣で」

「わかっていますよ。でも――うふふ」

彼がフィオナのためにどれほどに心を砕いてくれたのかよくわかった。多分、フィオナたちは同じところで躓《つまず》いている。

「セドリックさまが望んでくださっているのなら、きっと、それでよいのです」

「フィオナ？」

波打ち際で転がりながら、笑い合った日のことを思い出す。彼はとても真面目で、きっとフィオナも同じだからこそ、立ち止まってしまう。それだけなのだ。

「わたしたち、もっとハメを外していいのですよ」

フィオナの言葉に、セドリックが息を呑む。

かつて、彼が言っていた言葉だ。今も、同じ言葉がしっくりくる。

「周りのことばかり考えて、やりたいことを我慢なんてしなくていい」

それに、と、フィオナは言葉を続けた。

「わたしは、わたしがセドリックさまの妻だって、声を大にして叫びたいです！」

それがフィオナの願いだった。

周りの男性がどうとか全然関係ない。フィオナの大切な人は目の前の彼ただひとりで、フィオナだって彼の手を離すつもりはないのだ。

「セドリックさま、わたしを見くびっていませんか？」

「見くびって……？」

「そうですよ。勝手にわたしが周囲に振り回されて、誰かのものになるって決めつけて」

「決めつけてなどいない！　そんなの、あり得ない！　許さない」

「わたしだって認めません」

ぴしゃりと言い放つ。どうしても、これだけはセドリックにも理解してほしいのだ。

「わたしは——わたしが、セドリックさまのそばを離れませんから」

この手を絶対に離さない。

彼がフィオナを護る護らないという問題ではないのだ。フィオナの方が掴んで離すつもりなどない。それは揺るぎない事実で、セドリックにだってフィオナの意志を甘く見てほしくない。

「フィオナ……」

「だから、わたしだって、その——」

そっと彼の胸もとに顔を寄せる。

自分から宣言するのはあまりに恥ずかしい。けれども、ちゃんと伝えなければフィオナの本心は伝わらない。

「セドリックさまのものに、なりたいです」

ごくりと、彼が唾を飲み込むのがわかった。

心臓がずっとバクバク暴れている。顔に熱が集まって、どうにかなってしまいそうだ。若草色の瞳は潤み、握り込む手が汗ばんでどうしようもない。

この誘いは、セドリックの我慢を無駄にしてしまうものかもしれない。でも、フィオナはこの先も、彼のそばで生きていきたい。そしてそのための自信を、彼に与えてほしかった。

「フィオナ――」

キスが落ちてきた。

唇を喰み、どんどんと深くなっていく。

その求めるようなキスに、フィオナは幸福で目を細める。

「そうだな。私たちはもっとハメを外していい。――私が言った言葉だったな」

「そうですよ。ご自分の言葉に責任を持ってください」

「ハメを外すのに責任を？　ふふ――そうだな」

ああ、ようやく彼の表情に笑みが溢れた。それが嬉しい。

セドリックはどこか眩しそうにフィオナを見つめている。そしてもう一度、今度はもっとゆっくりと唇を重ねた。それがとても心地よくて、フィオナは手を伸ばす。

ギュッと彼の背中に腕を巻きつけ、いっぱい、いっぱい力を入れた。

（もう、絶対にあなたを離しません）

この決意が、彼に伝わりますようにと祈りを込めて。

――瞼の裏にまで世界の明るさを感じ取り、意識が浮上する。

「ん……」

掠れた声を漏らしながら、フィオナはわずかに瞼を持ち上げる。差し込む光のあまりの眩しさに、今は朝かあるいは――と考えてハッとした。セドリックにどろどろに愛されて、気を失うようにして眠っていたらしい。

色んな声を出してしまったからか、喉が少し痛い。

体のあちこちに違和感があり、今もなお彼にたっぷりと触れられ、愛されているような感覚が――と、はっきり目を開けた時、すぐそこにセドリックの美しい顔があった。

呼吸が止まるような心地がした。

夜の色をした髪は乱れたまま肌に貼りつき、同じ色彩の長い睫《まつげ》が閉ざされた彼の瞼を縁取っている。薄い唇は形よく、この唇によって至るところにキスをされたのだと思うと、めくるめく夜の記憶が鮮明に思い出され、叫びそうになった。

（っ、だって！　だって、セドリックさまったら、ずっと……！）

初めてなのに、とんでもない経験をしてしまったような気がする。

羞恥で顔を覆いたくなるも、今のフィオナはがっちりセドリックに抱き込まれたままだった。身じろぎしようものなら、彼を起こしてしまう。

でも、どう考えてもうそれなりに日が高い。本来は起きるべき時間だろうが、昨夜はかなり遅くまで――それこそ、空が白みはじめる頃まで愛し合ったこともあり、もっと眠らせてあげた方が、とも思う。

（で、でもっ。セドリックさまがお目覚めになるまでこの状態ってこと……⁉）

互いになにひとつ身に纏っていない。今も、素肌のまま彼に抱きしめられているのだ。

昨夜は勢いでなんとかなった。しかし、冷静な今の状態でこれは、羞恥と緊張でどうにかなりそうだ。

（セ、セドリックさま！　早く目覚めてくださいっ……っ）

とはいえ、彼が目覚めたら目覚めたで、どう反応していいのかわからない。意識は完全に覚醒し、朝から大混乱だ。

（ううん、やっぱりまだ！　心の準備がっ‼）

脳内大騒ぎのまま、つい身じろぎをしてしまう。その振動が伝わったのだろう。

「ん――」

彼がゆっくりと瞼を持ち上げる。それに気付いた瞬間、フィオナはぴたりと固まった。

長い睫の向こうに、菫色の瞳が覗く。まるで宝石のように美しく煌めくそれがフィオナの姿をとらえ、一度、二度と瞬いた。

まだ、セドリック自身も状況を把握できていないのだろう。寝ぼけ眼のままじっくりと考えて数秒、彼の表情が幸せそうに緩んだ。

「フィオナ、おはよう」

彼は触れるだけのキスをくれた。蕩《とろ》けるような微笑みに、フィオナの頭は真っ白になる。

「あ、あ、あのっ、その……お、オハヨウゴザイマス」

尻すぼみになりながらもどうにか応えると、セドリックは満足そうに大きく頷いた。

「――いいな。こうして目覚めた時、愛しい君が目の前にいるのは」

「き、昨日までも、一緒でしたけど」

「それとは違う。わかっているだろう？」

なんてニマリと口の端を上げる彼の色気に、すっかり目を奪われた。なんだか朝から顔が茹で上がりそうだ。

まともな返事ができずにこくこくと頷くと、セドリックはゆっくりと上半身を起こした。

引きしまった体だ。いつもカッチリとした服を身につけているからわからなかったが、かなりしっかりとした筋肉がついている。無駄のない、まるで彫刻のような出で立ちに、艶やかな髪。宵闇色のそれをかき上げる仕草までもが洗練されており、フィオナはぽーっと見とれてしまった。

「君とこうしてまだ眠っていたいが、そうもいかないからな」

フィオナの視線に気が付いたのか、セドリックは楽しそうに目を細める。ベッドから下りるなり手を伸ばし、名残惜しそうにフィオナの頬をなぞった。

「ロビンを呼んでくる。それまで、もう少し休んでいてくれ」

彼はもともと置いてあったガウンを適当に羽織った。それからなにかに気が付いたように、ふと振り返る。

「ああ、そうだ。説教は私ひとりで引き受けるから、心配しないでいい」

などと言い残して出ていってしまい、フィオナはぱちぱちと瞬いた。

説教とはなんのことだろう、と首を傾げたところで、扉の向こうから「なにを考えているのですか、あなたさまはっ‼」という怒声が聞こえてきた。

主寝室の扉はかなり分厚い。それを貫通するだなんてとんでもない大声だ。

おっかなびっくりドアの方を見つめながら、そういえば昨夜はセドリックの様子がおかしかったことを思い出した。彼に連れ去られ、ほぼ軟禁されたかのような状態で寝室に籠もってしまったのだった。

（そ、それは皆、心配するはずよっ！）

セドリックが正気に戻ったことを皆に知らせることもなかった。もしかしたら、ひと晩中心配をかけ続けたのかもしれない。やきもきしていたところに、当のセドリックが艶々した様子で出ていったら、文句のひと言やふた言、言いたくなるのもわかる。

（説教って、そういうこと……⁉）

昨夜からいっぱいいっぱいすぎて、皆のことなどぽーんと頭から抜けてしまっていた。流れでしっかり幸せな夜を過ごしてしまったフィオナも同罪な気がする。

（ご、ごめんなさいっ！　皆！）

平謝りしたい気持ちで座り直したところで、バンッ！と勢いよく扉が開いた。

「奥さまっ！　大丈夫ですか⁉」

ロビンである。いつも快活な彼女だが、こうも焦って飛び込んでくることなど見たことがない。やはりかなり心配をかけてしまったらしい。

「えっ、え、えーっと。だ、大丈夫だけど」

上掛けを引っ張って肌を隠しつつ、フィオナはこくりと頷いた。

このような形で情事の後を見られてしまい、大変恥ずかしい。頬が火照りっぱなしではあるけれど、ぼんやりしていていいはずもない。

「あ、あのね、ロビン。心配かけてごめんなさい。でも、セドリックさまは悪くなくて――」

「いいえ、悪いです」

「え？」

擁護したかったのだが、きっぱりすっぱりねじ伏せられた。ぽかんとするフィオナに向かって、ロビンは真剣な表情を貼りつけたまま迫ってくる。

そうしてベッドの前で膝を折り、彼女はフィオナの手を取った。キリリとした表情でフィオナを見つめたまま、はっきりと言い放つ。

「昨夜のあのご様子、さぞ奥さまのことも怖がらせたのでしょう？　――まったく、これまで散々手を出せずにやきもきさせたのに、よりにもよって初めての時に」

「て、手を出せずに、というか、わざと出さないようになさっていたのでは」

「そんなわけないでしょう！　散々それらしい言い訳を連ねていらっしゃりますけどね、本人がヘタレでいらっしゃっただけですから！」

「へ、ヘタレ……？」

相当溜め込んできていたのか、ロビンの爆発は収まらない。

どうもフィオナの見ているセドリックと、ロビンたち使用人から見たセドリックの姿は乖離《かいり》しているようだ。

クールでなんでもそつなくこなす優秀なセドリックが、使用人たちにかかると散々な言われようである。

「まったく。これまで私たちがどれだけやきもきしていたと思っているんです！　奥さま自身も不安なはずだからとずっとお伝えしていたにもかかわらず、旦那さまの勇気が足りないばっかりに焦らしに焦らして！　まさかあのような形で――」

ロビンの小言は止まらない。

単純に跡取り問題だけではなくて、ロビンはフィオナの気持ちを考えた上で、色々思うところもあったようだ。もしかしたら、彼女だけでなく使用人皆が同じ気持ちだったのかもしれない。

（なるほど、だから説教は引き受ける、と）

使用人たちのことをよく見ているセドリックだ。こうなることはわかっていたのだろう。もしかしたら普段からもせっつかれていたのかもしれない。

知らなかったのは当のフィオナだけ。真綿にくるむように護られて、皆に優しく見守られていたらしい。

「あ、あの。でも。でもね、ロビン？　わたしはね、嬉しかったから」

「奥さま――」

でも、大好きなセドリックのことをいつまでも悪し様に言われるのは本意ではない。

ロビンを宥《なだ》めようとわたわたと呼びかけると、ようやくロビンの怒りも収まってきたらしい。

ギュッと口を閉ざし、大袈裟に肩を竦めてみせる。

「――まあ、奥さまに免じて、この辺で許して差し上げましょう」

もちろん、全然納得していなさそうな顔である。でも、フィオナのために折れてくれたらしい。

「ええ。というか、本当にわたしも悪いの。皆を心配させていたことにも気が付かないで、その――」

セドリックに愛されている幸せに溺れたままになってしまった。ただ、それを告げることすら気恥ずかしくて、声がどんどん小さくなる。火照った頬に手を当てながら俯くと、ロビンがクスクスと笑ったのがわかった。

「ええ、大丈夫ですよ、奥さま。——本当に、本当によかったです。おめでとうございます」

「おめっ⁉　あ……ありがとう」

多分、安堵したのはフィオナだけではなかったのだろう。

とても気恥ずかしいけれど、微笑むロビンの瞳はとっても優しい。

（わたし、本当に幸せ者ね）

そう思うと胸の奥がじんわりと温かくなって、フィオナもこくりと頷いた。

しかし、幸せな時間というのはそう長く続かないものらしい。

セドリックが急ぎでリンディスタ王国に魔法鳥を飛ばすのを待ってから、ふたりでゆったりとブランチを楽しんでいた時のことである。別荘に招かざる客が訪れたのだ。

「リンディスタ王国のウォルフォード夫妻でいらっしゃいますね。ナバラル王家より、緊急のご連絡でございます」

王家からの使いを名乗る男から、一通の手紙が渡された。王家の印章の入ったそれは、どう見ても本物である。

セドリックの表情が一変した。すぐに開封し、中を改める。そして文面を追ううちに、どんどん表情を険しくしていった。

「あなたさま方の身を狙う者がいると、情報がありました。しかしあなた方はリンディスタ王国からの大切な客人。我が国を挙げて、必ずお守りすると第二王子殿下が仰せです」

「必要ない。自分たちの身は自分たちで護る」

「いいえ、そうは参りません。――ご安心ください、あなた方をより安全な場所へとお連れいたします。急ぎですので、身ひとつで構いません。さあ、参りましょう」

ザッ、と、使者の後ろに兵が並んでいる。こちらを護衛するためだと主張しているが、これはつまり強制連行だ。

「なるほど。――フィオナ」

「ええ、わかっています」

なにがあってもセドリックから離れない。そう心に決め、彼の手を取った。

幕間　遠くから見ているだけじゃ物足りない

（魔力の残量二割。——うん、かなり効率よくここまで来られた。さっすがフィオナちゃん）

天気は快晴。爽やかな朝ではあるけれど、アランの目の下には隈ができていた。

ナバラル王国から夜を徹して一日半、魔力を使って一気に移動した。朝になってようやく見慣れたリンディスタ王国の王城に戻ってきた。

ちょうど出仕していく官吏たちを横目に、ひとりくたびれた様子で息を吐く。長い髪をピンと弾き、背中に流した。そうしてうーんと伸びをする。

（あー……つっかれた。さすがに体がバッキバキだよ）

アランにとって、自分の体が器だとすると、魔力はそれを満たす液体だ。それを左目に宿る魔力核を通して増幅させる。アランは魔力のイメージをそのようにして動かしていた。

魔力核から放出した魔力の波に、自分の体をのせる。そうすることで、地面の上を滑るように移動することができるのだ。ただ、終始バランス感覚を維持しないといけないため、それなりに体の筋肉を使う。スピードが出る分、絶対に意識を集中させ続けないといけないし、疲れるからあまり使用したくない類いの魔法だ。

けれども、今回ばかりはなかなか楽しい旅だった。

（新婚旅行でも面倒事に巻き込まれているだなんて、さすがセドさんだよね！）

いや、半分くらいは予測できていたことだけれども。

『新婚旅行ついでに、ナバラル王国の第一王子クラウディオの様子を探ってきてくれ』

それが自分たちの主オズワルドから下された任務だった。

セドリックのことだから真面目に噂話を集めること以外に、本人の居場所くらいは突き止めてくれるかなあと期待もしていた。けれども、まさか接触するだけでなく、しっかり交遊を深めていたとは。さらに、クラウディオが表に出てこなかった原因も突き止め、その問題に向き合っているなど嬉しい誤算だ。

（まさかクラウディオ殿下とフィオナちゃんを取り合っているだなんてねぇ）

あまりの事態に、ついニマニマとしてしまう。もちろん笑っている場合ではないこともわかっているが。

フィオナが女魔法使いであることがバレた可能性がある。これは緊急事態で、さらなる厄介事を生み出す予感しかしない。

ナバラル王国が彼女を取り込もうとしている可能性が高い。セドリックたち夫婦をこのリンディスタ王国に回収するために、少なからず国が動かなければいけないだろう。

外交上の問題など、本来ならば一番厄介で避けたい問題ではある。けれども、アランはルンルンだった。

（まったく、セドさんってば！　なんっておもしろいことになってるんだよ‼）

いっそ、最初から全部観察させてほしかった。

あの初々しすぎる青春カップルが他国の王族によって横槍を入れられるだなんて――しかも生真面目で、いつもガミガミとうるさいあのセドリックが振り回されているだなんて愉快すぎる。

（セドさんの慌てた顔！　はぁーっ、オズワルド殿下にも見せてあげたかった！）

セドリックとは学生時代からの長い付き合いだ。オズワルドと一緒に彼を弄るまでが定番の流れであったが、彼も彼で抱えるものがあった。

弟であるライナスを自らの魔力で傷つけてしまった。その後、彼は戒めとして自らの魔力を封印した。封印の指輪はアランが用意したけれど、納得していたかと言えばそうではない。感情が凍りつき、ひとりで苦しむセドリックの姿に、茶化すことすら難しくなった。

だからこそ、フィオナを愛することで、セドリックが活き活きするようになったことがとても嬉しかったのだ。今の彼だからこそ、からかいがいも弄りがいもある。

（フィオナちゃんのことがバレるのは、想定よりだいぶ早かったけどね。――はぁ、国内のこともちょっとは手を打っておかないとなあ）

遅かれ早かれ、魔法省にはバレると思っている。その時に、彼女がセドリックのもとから取り上げられないように根回しをするつもりでいたけれども、この展開は想定よりもやや早い。

（ま、僕と殿下と、あとセドさん三人であたったら、どうとでもなるでしょ）

それよりも、今はナバラル王国のことだ。すぐに動かないとと思い、オズワルドの執務室に侵入した。

「――まったく、お前はいつも神出鬼没だな」

さすがオズワルド。突然の入室にもまったく動じていない。彼は執務机につきながら、手元の書類を横にのけた。ペンを置いて、アランの方へと視線を向ける。

朝イチのオズワルドはキラキラに磨きがかかってやや眩しい。もともと細い目をさらに細めつつ、アランは主張する。

「いつものことでしょう？　この速さでナバラル往復してきたんですから、褒めてくださいよ」

「ああ、ご苦労」

「はあい、お安いご用ですよ」

わざと恭しく一礼してみせる。

神出鬼没というのは、アランがいつものごとく窓から侵入したからだ。薄い壁ならばすり抜けるのはお手の物で、アランはいつもこうしてオズワルドの執務室に入り込む。

（表から入るのって、格式張っていてまどろっこしいんだよね）

護衛に顔を確認されて、オズワルドに許可を取ってという一連の流れも煩わしい。

セドリックは自らのことを合理主義だと言うが、アランもアランでなかなかの合理性を持った男だ。とはいっても、判断基準は自分が面倒に感じるか否かというおおよそのフィーリングでしかないが。

「それで？　向こうはどうだった」

「それがもうっ！　聞いてくださいよ！　最っ高に面倒なことになっていて!!」

アランは目を爛々と輝かせながら、オズワルドの前へと歩いていく。

ナバラル王国に赴く前に、セドリックが魔法鳥を使用してある程度の事情は伝えてくれていたが、現場はもっととんでもないことになっていた。

「クラウディオ殿下のご病気が、魔法由来のものではないかという報告はありましたよね。あれ、ビンゴでした」

向こうで見聞きしたことを伝えていく。クラウディオ周辺だけでなくて、どうも第二王子カリスト周辺がきな臭いということまで。

カリストはクラウディオが表に出てこられないのをいいことに、中心街での支配力を高めている。中心街はもともとクラウディオが発展させた街ではあるが、そこを乗っ取ることで自分の影響力を高め、自分を支持する貴族たちに甘い汁を吸わせているのだとか。

もともと保守派だった連中が、クラウディオの功績をただただ食い潰している。そのため、ずっと上り調子だったナバラル王国の発展は、ここ一、二年で急激に鈍化していた。――というよりも、昔に戻りつつあるようだ。

（クラウディオ殿下の功績が大きすぎるんだよなぁ）

以前は取るに足らない発展途上の国という印象だったが、クラウディオが暴れ回っていた頃のナバラル王国はなかなかにおもしろかった。アランとしても、ああいった手合いの男が束ねる国が近くにあると、実に観察しがいがあっていい。

直接ナバラル王国を見てきたが、やはりクラウディオが王太子になった方がおもしろい。――などと、さすがに個人的な好みによる意見すぎるので、そのあたりは客観的な見解を含めて報告する。

オズワルドにとっても予想通りだったようで、アランの報告を概ね認め、大きく頷いてくれた。

「しかし、ナバラル王国も随分な強硬手段に出てくれたな。そのままフィオナを取り込む気か」

「でしょうねえ。まあ、彼女の存在は喉から手が出るほど欲しいでしょうよ。特に、あの国では」

「彼女が魔法使いであるのを、強制的にバラすと思うか？」

「いいえ、それはないでしょうねえ。バラしてしまったら、ウチに反論を許してしまいますもん」

フィオナが女魔法使いであることを公表したら、リンディスタ王国は彼女を帰国させるため全力で動く。ナバラル王国はそう考えるに違いない。であるならば、彼女の正体を伏せたまま取り込むだけ取り込んで、どちらかの王子と結婚させてから公表する。これが一番理想の形だろう。

「どのみち、セドさんは離縁を迫られるでしょうねえ。武力行使――は、さすがにウチの国も黙ってないでしょうから、セドさんの方から離縁せざるを得ない状況に追い込む、とか？」

こてんと首を傾げてみる。

厄介なことに、ナバラル王国には人の精神に強い影響を与えるはぐれ魔法使いがいる。その存在を利用しないはずがない。

「フィオナちゃんがすぐそばにいますから、セドさんも大丈夫だとは思いますけどね。ま、ちょちょーっと救いの手くらいは必要かなー、と」

「ああ、そうだろうな――」

と、ふたりして話し合っていた時にそれは起こった。

キラキラした光が窓を貫通し、アランの目の前に飛んでくる。それに向かって手を伸ばすと、鳥の形をした光はアランの手のひらの上に止まった。

「おおー、噂をしていたらちょうどですねえ」

魔法鳥だ。動きを止めるなり、その姿は崩れ落ち、鳥の中に入っていた折りたたまれた紙のみが残る。

セドリックにはアランの魔力をたっぷり詰め込んだ瓶と、魔法鳥を何羽か持たせている。それを利用して、定期便を送ってもらっていたのだ。

しかし、定期連絡にしてはやや早い。なにかあったのだろうか――あったのだろうなと思いつつ、その手紙を早速広げてみた。そして頭から文面をさらってみると、衝撃的な単語が飛び込んできた。

「ひゃっははは！」

「どうした、ノルブライト」

「殿下っ、こ、これ、見てくださいよっ」

バタバタとオズワルドに駆け寄り、その文章を指先で叩く。

普段はカッチリとした字を書くはずのセドリックの手跡がひどく乱れている。よっぽど腹に据えかねたのだろう。

「『カリスト第二王子に、フィオナを譲れと言われた』――だと？」

「あはははは！」

その状況を想像するだけで腹を抱えて笑いたくなる。

――いや、大事な友人の一大事、笑い事にするべきでないことは重々承知している。けれど、普段冷徹だの冷酷だの言われているセドリックが振り回されているという状況がおもしろくてたまらない。

（そうなんだよ！　セドさんってば、本当はなかなかの激情家なんだよ！）

彼の本性が剝き出しになっているのが喜ばしい。

それでいい。表情豊かで、すぐ頭を抱えたり怒ったり感情の振れ幅が大きく、なんだかんだ仲間想いのセドリックの一面が顔を出し、昔に戻ったような気がする。

（っていうか、肩の力が抜けていい感じになってきたよね）

人間味が出てきたと言うべきか、戻ってきたと言うべきか。それもこれも、全部フィオナのおかげだ。フィオナには本当に感謝しかない。

（――ま、この状況だ。セドさんもそろそろ、覚悟を決められてるといいねえ）

向こうで会った時も散々せっついてみたが、どうなっただろうか。

新婚旅行に行って、ふたりきりの時間をたっぷり過ごしているはずなのに、いまだにセドリックはフィオナに手を出していないように見えた。だからフィオナがいない隙を狙って訊ねてみたのだ。

『それで？　フィオナちゃんとの関係はどうなったの？』

なんて、男同士の下世話な話を振ってみたところ、セドリックはなにやら気まずげに視線を逸らしていた。

沈黙は肯定とみなしていいだろう。旅に出てからもう三週間ほど経っているはずなのに、彼はいったいなにをちんたらやっているのだろうか。

（仕事のことなら即断即決なのになあ！）

――まあ、セドリックの本音も理解しているつもりだ。フィオナのおかげで吹っ切れたとはいえ、彼は魔法使いとしての自分には否定的だ。それは覆りようがない。本音では、魔法使いの子を持つのが不安なのだろう。

だからといって、いつまでもぐずぐずしていいとも思えないが。

（むしろ、カリストに焚きつけられてその気になっちゃえばいいんだよ）

勢いで行ってしまった方が人生うまくいくこともある。さらに言えば、セドリックはもっと、欲望に忠実になっていいと思う。そうして、せいぜい幸せになればいいのだ。

「いやあ、セドさんからフィオナちゃんを取り上げちゃだめですよ。助けてあげないと」

相手が王族ともなると、セドリックひとりでどうこうできる問題でもなくなってくる。

長く苦しんできた彼が、せっかく幸せになろうとしているのだ。そこに横槍《よこやり》を入れようとするのを、アランが見逃すはずがない。

そしてそれはオズワルドも同意見らしい。大きく頷き、くつくつと笑っている。

「それに――なになに？『ナバラル王国が、殿下を夜会に招待する可能性があります』――ああ、建国祭の話だな。この招待状は、そういうことだったのか」

半笑いになりながら、オズワルドが引き出しからなにか手紙を取り出した。

すでに中身は改めているらしく、わざわざそれを渡してくれる。

「お前がナバラルに向かってすぐくらいに届いてな。いや、なかなか度胸のある国だと思ったぞ？」

手紙を受け取り、広げてみる。多少のことには動じないアランも、その手紙の文面は二度見することになった。

「え？　これ、本気で言ってます？」

「本気も本気だ。お前が今日戻ってこなければ、私は先にこの国を発っていたかもな」

「しかも行く気ですか⁉」

アランのツッコミに、オズワルドは自信たっぷりに口の端を上げてみせた。

（まったく、ナバラル王国もナバラル王国だけど、この人もこの人だよ！）

なんと、手紙は夜会の招待状だった。ナバラル王国の建国を祝う建国祭。その大夜会にオズワルドを招待したいと言っているらしい。

国を挙げて行う行事に他国の王族を招くことはままある。しかし、問題はその日程だった。

（四日後って！　どういうことさ⁉）

今すぐにでも発たないと間に合わない日程だ。あまりに急すぎて笑えてくる。

他国の式典や祭典に参加するともなれば、それなりに準備に時間もお金もかけるものである。その余裕を与えることもなく招待するなど、失礼千万である。それでも、向こうはオズワルドが参加に踏み切ると踏んでいるのだろう。

（ま、セドさんの足止めしてたら、ウチも動かないわけにはいかないものね。――罠だろうけど）

どうせ、リンディスタ王国の王太子であるオズワルドの前で、セドリックに離縁を誓わせるとかそんなところだろう。急な招待などあまりに失礼だし、断る理由はいくらでもある。しかし――。

「楽しそうですよねえ？」

「行かない手はないいな」

ふたり向き合って悪い笑みを浮かべる。

セドリックが振り回されている姿を直接見に行ける大義名分は立った。

「ウォルフォードを助けるためだからな」

「ですです。仕方ないですよね！」

またまたナバラル王国にとんぼ返りすることになるけれど問題ない。アランは、大親友のセドリックを助けに行かなければいけないのだ。

第六章　好きな人は、あなただけ

どうしてこのようなものに袖を通さなければならないのだろうか。

いや、わかっている。ドレスに罪はない。けれど、どうしても複雑な気持ちになってしまう。

フィオナは鏡に映る自分の姿を見つめてため息をついた。普段だったらもっと自然と笑えるはずなのに、今は気分が塞いでしまう。

（別に、似合っていないわけではないと思うの。でも——）

この日のフィオナの装いは、普段彼女が身につけるドレスとは少し趣が異なっていた。

青みがかったシルバーのドレスは、フィオナの体のラインにぴったりと添ったマーメイドラインだ。スカートの裾に向かってたっぷりとフリルが入っており、大人っぽさと華やかさを両立している。キャラメルブロンドの豊かな髪は、編み込みながら胸もとへと垂らしていた。ところどころ宝石を散りばめることで、髪全体が艶めいて見える。さらに、後ろが大きく開いており、背中がよく見えるセクシーなデザインのドレスが映えている。

このドレスが、フィオナの新たな魅力を引き出してくれていると言ってもいいだろう。まったくもって嬉しくないけれども。

（よりにもよって、カリスト殿下からの贈り物に袖を通さなければいけないなんて）

憂鬱な気持ちになってしまうのは仕方がないことだと思う。

フィオナは今、ナバラル王国の王宮の離れにある客間で、建国を祝う大夜会への参加へ向けて準備を進めていた。

　別荘から強制連行されて四日、この王宮の客間に監禁されていたわけだ。

『ウォルフォード夫妻を狙っている者がいる。だから、ナバラル王国は他国の要人を責任持って警護するために、その身柄を保護することにした』

　それがナバラル王家の言い分だった。

　あまりに急なことで、まさに身ひとつだった。ドレスもなにも持ち込む余裕などなく、ロビンたちとも引き離されると、身の回りのことはナバラル王国側に頼らないといけない。結果として、不本意ながらもこのドレスを受け入れているわけである。

（でも――）

　フィオナは衝立《ついたて》の向こうに目を向ける。いつまでもモヤモヤに囚われているつもりはない。だって、フィオナにはとても心強い味方がいるのだ。

「セドリックさま、準備できました」

　思い切って衝立からひょこりと姿を現してみる。そこでは、愛する夫のセドリックが待っていてくれていた。

「ああ、フィオナ。支度は調ったみたいだな」

　今宵執り行われる大夜会、そこに、フィオナはセドリックとともに招待されていた。だから、もちろんセドリックもパーティー仕様だ。

　ダークグレーのタキシードに少し明るいグレーのベストを合わせ、ミッドナイトブルーのアスコットタイを合わせている。シックな色合いながらも繊維の光沢による華やかさもあり、目が離せなくなる。

ソファーにドッカリと腰かけた彼は、さながらこの王宮の主である。なんとも威風堂々とした佇まいだ。

気の弱いフィオナと違って、やはりセドリックは百戦錬磨なのだろう。異国の地で、使用人たちとも引き離されてふたりきり。心細くなりそうなものだが、むしろ開き直っている。

ナバラルの者たちはことあるごとに、フィオナとセドリックを引き離そうと画策してくるが、すべて綺麗に突っぱねる。絶対にフィオナと離れないぞという断固たる決意で、四日間、すっかり居座っていたのである。

絶対に離れないというのは、言葉通り、片時も離れることがないということだ。互いにこの客間から外には一歩も出ない。どちらか片方が一歩でも出てしまったら、そのまま引き離されそうだったからだ。

だからセドリックの身支度もこの客間内で行われていた。衝立の向こうとこちら、それぞれ準備していたわけだが——。

(セドリックさまったら、言いたい放題仰って)

思い出すだけで少しだけ笑えてくるから不思議だ。自分たちは事件に巻き込まれた被害者のはずなのに、向こうの侍女たちに同情したい気持ちになってしまったのはこれいかに。

『このコートにはこの色のタイは合わない、変えてくれ』

『君たちは私に恥をかかせるために、こんな行動制限をかけているのか？　まともに服も選べないようなら、今日の出席は辞退させてもらうしかないな』

などと、なかば言いがかりに近いようなもの言いであったが、それはもう言いたい放題だった。

直接見ていないが、セドリック付きの侍女は涙目になっていたのではないだろうか。

理不尽な監禁で、相手のペースに呑まれないようにと、セドリックは終始この様子であった。

「どうした、フィオナ。随分と楽しそうだな？」

「え？　いいえ？　うふふ」

つい思い出し笑いをしていると、セドリックが立ち上がり、こちらに歩いてくる。

「綺麗だ——なんて、素直に言えたらよかったが」

そう耳元で囁いてから、化粧が崩れないようにとそこにキスをくれる。

タイトなドレスだから、抱きしめてくれる彼の手の感触がよくわかる。この部屋に閉じ込められてから、結局彼と肌を重ねることはなかったからこそ、この距離感にいまだにドキドキしてしまうのだ。

「あの男の贈ったドレスだと思うと、今すぐ全部脱がしてしまいたくなるがな」

「もう、セドリックさまったら！」

「わかっている。——まあ、それはすべて終わってからの楽しみにするさ」

などと色気たっぷりに囁き、ウインクをする。

（セドリックさま、本当に変わった）

知らない人の前で堂々とフィオナを抱き寄せたりキスしたりするのは、気恥ずかしくはある。けれども、いくら状況がよくなかろうと、この人についていけば大丈夫だと思わせてくれる。

そうしてセドリックは部屋の入り口の方へと目を向けた。

そこには先ほどまでフィオナの準備を手伝ってくれていた侍女たちがずらりと立っている。彼女たちが纏う空気は独特で、全員が全員、なぜかセドリックに冷ややかな目を向けていた。

単純にセドリックが彼女たちを困らせたことが原因ではない。どうも、ここにやってくるナバラル王国の人間は、揃いも揃ってセドリックを敵視しているのである。だからこそ、セドリックも居直ってわがまま放題しているわけだが。

今もまるで針の莚《むしろ》のような状況なのに、セドリックが動じることはなかった。表情を強張らせるフィオナの腰を抱き寄せ、自信ありげに口の端を上げている。

「まあ、こんな状況でいるのも今日までと思えばな」

せいせいする、とでも言うかのような表情だ。

「せっかくだ。パーティーを楽しもうじゃないか。なあ、フィオナ」


ナバラル王国の建国祭は、昼間は伝統的な祭事を、そして夜は各国の招待客を含めた大夜会を執り行う。――――と聞き及んでいたはずだが、王宮の大広間で談笑している者のほとんどが、ナバラル王国の貴族のようだった。

この国に滞在し、別荘街と中心街の往復をしていたフィオナにとって、とても意外に思えた。なぜならフィオナが見てきたこの国の景色には、必ず様々な人種の人たちが入り交じっていたからだ。

今思うとそれは、観光大国ならではの景色だったのだろう。様々な国出身の人たちが行き交う街並みは、なんとも不思議で心躍る光景だった。

しかしこの大夜会の会場はどうだ。国外の招待客が大勢いると謳っておいて、蓋を開けてみればそのほとんどがナバラル人で構成されている。もちろん、全員が全員というわけではないものの、多様な人種が入り交じる光景を見慣れすぎていて、奇妙な違和感を覚えてしまった。

そういえばこの国は、もともとかなり保守的な考え方を持つ国だったらしい。だからこそ、セドリックやオズワルドが、先進的な考え方を持つクラウディオを王太子に推したがっていたのだ。

ナバラル王国の抱える問題を目の当たりにした気がして、フィオナは心の奥のざわめきを感じつつ、会場を見渡した。

会場自体はとても華やかだった。

白い柱や白い壁には隅々まで、神話を模した彫刻が彫り込まれている。シャンデリアの形も、リンディスタ王国で見るものとは異なっており、動物や花など自然を思い起こされる飾りが揺れていた。歌劇を観たり、この国の歴史ある建築物を見てきたりしたからわかる。どのモチーフも、この国の神話に関わるものだ。

煌々と明かりが灯る会場には、男性は詰め襟のコート、女性はタイトなマーメイドラインのドレスを身に纏っている者が多かった。

ダンスの起源は同じだからか、耳慣れた曲が流れてくる。男女が体を寄せ合って踏んでいるステップも、フィオナが知っているものと大差ない。これならば恥をかくこともないだろう。

（踊る余裕があるかどうかはわからないけど）

フィオナは慎重に周囲に視線を向けた。

監視は続いているはずだ。しかし、ナバラル貴族の全員にカリストの息がかかっているとは考えにくいし、ここには観衆の目がある。夜会の参加者としておかしくない行動をする分には特に問題がないだろう。

ただ、それらの観衆も、けっしてフィオナたちの味方とはなりえないようだ。

実は、会場に入ってからというもの、どうも好意的ではない目を向けられている気がするのだ。

不躾《ぶしつけ》にジロジロ見られてしまっては、気にするなという方が無理だ。

（わたしが女魔法使いだとバレてる――わけではないみたいなのよね）

そもそも、彼らはフィオナを見ているわけではない。むしろセドリックの方に視線が集まっているのである。

（えっと？　セドリックさまが素敵すぎるから――でもないようね？）

どちらかというと、非難の目だ。離れの客室で侍女たちが見せていた、まるで敵を見るかのような眼差し。

つい不安になり、セドリックの腕にしがみつく。ただ、当のセドリックは動じていない。ずっと涼しい顔をして、堂々と振る舞っている。

「大丈夫だ、フィオナ。私を誰だと思っている」

「え？　誰って、ええと、セドリックさま」

「はは、そのますぎるな。――そうじゃなくて。これでも、王城では冷酷な次期公爵と呼ばれていたらしいぞ？」

だから、これくらいの視線はなんともないと笑っている。さすがの肝の据わりように、フィオナも感心してこくこくと首を縦に振った。

「やあ、随分久しぶりだな」

ふと、聞き覚えのある声が聞こえて瞬いた。ぱっと振り返ると、そこにはなんともこの会場では目立つ風貌の男たちが立っている。むしろ、こんなに近くに寄られるまで気付かなかったとは驚きである。

「殿下！　それに、アラン」

セドリックもようやく彼らの存在に気付いたようで、少し驚いたような顔をしている。

アランがパチンとウインクしているあたり、なにか魔法を使って目立たないようにやってきたのかもしれない。

「なんだかんだ元気そうだね、ふたりとも」

アランはライトグレーのコートでスマートな印象にまとめており、普段のだぼっとした印象とは随分と異なる。

「これで元気そうに見えるのなら、お前の目は節穴だな」

「あっはっは！　それだけ嫌みが言えるなら元気そのものじゃない。よかったよかった」

しゃべるとアランその人だけれども、黙って立っているとまさに高位貴族の子息に見えるから不思議だ。

「なにが不満なんだ、ウォルフォード。休暇を延長して奥方と水入らずの時間を楽しめているのだろう？」

「長い休暇をどうも。ええ、存分に楽しませていただいておりますとも！」

次に話しかけてきたのは、オズワルドだ。招待されるとは聞き及んでいたけれど、本当にナバラル王国で会えると思っていなかった。

白いコートを身に纏った彼はさすがの優美さだった。立っているだけなのに存在感がある。ダークな色彩が似合うセドリックと並ぶと、まさに太陽と月という印象で、皆の注目を浴びている。

「おもしろいことになっているとは聞いたぞ」

「夫婦水入らずと言えば聞こえはいいですけれどもね。――はぁ、早くリンディスタに帰りたい」

馴染みのふたりを前にして、ようやく溢れ出たセドリックの本音に、ふたりしてどっと笑っている。

「今のウォルフォードを見られただけでも、急いでリンディスタからやってきたかいがあるものだな！」

「ね！　セドさん感謝してよ。もうね、大変だったんだから、ここまで来るの」

そういえばアランとはほんの数日前に会ったばかりだ。一度リンディスタに帰国して、本当にすぐに発ったのだろう。

そして、この日程でオズワルドまで一緒とはどういうことだろう。確かにカリストはオズワルドをパーティーに招待したとは言っていたが、かなり急だったのではないだろうか。

招待するナバラル王国もナバラル王国だが、やってきてしまうオズワルドもオズワルドだ。

（セドリックさま、いつもおふたりに振り回されてるって……）

彼らの行動力に、その片鱗《へんりん》を見た気がする。呆気に取られてセドリックにチラッと視線を向けると、彼はやれやれとばかりに肩を竦めていた。

「ええと？　私たちはどうも誰かに狙われていたらしくてですね、王宮で丁重に保護をしていただいておりました。ええ！　――そろそろ、故郷の空気が懐かしく思えていたのです」

周囲に聞かれても問題ないよう、当たり障りのない言葉で、セドリックが現状の報告をはじめる。

もちろんこれは、ナバラル王国がでっち上げた拉致監禁のためのシナリオでしかない。丁重に、という言葉を強調していたあたり、彼の本音が見え隠れするけれど、ある程度の状況は伝わったのだろう。

「なるほどな。それは大変だったな」

わざとらしく頷くオズワルドを前に、セドリックは己の懐に手を入れた。

自然と話題を変えるように、さりげなく一枚のハンカチーフを彼に差し出している。

「まあ、おかげさまでこの国の文化を堪能できましたけれどもね。――どうですか、こちら。なかなかいいでしょう?」

別荘から王宮に連れていかれる際、十分な用意をする時間など与えられなかった。本当に身ひとつだったため、フィオナの刺繍が入ったものは、ほとんど持ち込めなかったのである。

魔法鳥に関しても同じだ。だから状況を報告すらできていなかった。

そうしてリンディスタ王国と連絡を取れなくすることも、カリストの作戦だったのだろう。

今も、周囲の者たちに聞かれても大丈夫な程度しか会話ができない。その中で、オズワルドは精いっぱいこちらの意図を汲み取ろうとしてくれているらしい。

「なるほど、これは見事だな」

そう言いながら、オズワルドはハンカチーフを自然に受け取る。もちろん、その刺繍を刺したのはフィオナ本人だ。ナバラル王国ならではの伝統意匠に感銘を受けて縫い上げた一品である。王宮に連行される際、たまたまセドリックが身につけていたのだ。

（はぐれ魔法使いがどこから仕掛けてくるかわからないものね）

カリストと件のはぐれ魔法使いは、きっと裏で繋がっている。現に、離れて生活する間、セドリックは何度も魔法をかけられそうになったのだ。主に食事に相手の魔力が混ぜ込まれていた。フィオナがずっと一緒だったため、最悪の事態は回避し続けてきたが、本当に危険なのは今夜だ。人が多いこの会場で、直接接触してくる可能性はかなり高い。そしてこの状況下で、狙われる可能性が高いのがセドリックとオズワルドだ。

特に、王太子であるオズワルドが巻き込まれるようなことがあったら目も当てられない。そもそも今回は、それを狙っての急な招待としか考えられないのだ。

フィオナたち夫婦ももちろんだが、ここにリンディスタ王国の王太子であるオズワルドがいる以上、彼の安全が第一だ。

フィオナの刺繍だって万能ではない。癒やすのには時間がかかるし、あくまで相手の魔法の威力を軽減させるくらいだ。でも、あるのとないのとでは全然違う。だから、いわゆるお守り代わりにオズワルドに持っていてもらうことにした。

（今日こそはぐれ魔法使いをあぶり出して、あとは――）

その時、会場の一部から華やいだ声が聞こえてきた。目的の人物のうちのひとりが姿を現したようである。

カリスト・イサーク・エメ・ナバラル。

銀色の髪を三つ編みにまとめた彼は、この国特有の詰め襟のロングコートを身に纏っている。大変仕立てがよく、その表面には生地と同色の糸による刺繍がびっちりと入っているようだ。この国の正装は形自体はスッキリとシンプルながらも、その仕立てから滲み出る表情がとても上品で艶めいて見えた。

そんなカリストだが、前に月海の帳で出会った時の二面性を感じる笑みはなりを潜め、今は柔和な笑みを浮かべている。あっという間に挨拶待ちの人々に囲まれ、フィオナたちからは見えなくなってしまった。

ただ、肝心のもうひとりの方はいまだに姿を見せていない。

つまり、クラウディオである。

（昨年は欠席されたとうかがっているし、そもそも来てくださる保証なんてどこにもない）

先日、セドリックを通じて刺繍入りのハンカチーフは渡してある。ただ、それに込めたフィオナの魔法が、どれだけ彼を護り続けてくれるかは不明だ。この大夜会に顔を出してもらえるかどうかは、ある種の賭けになる。けれど――。

（セドリックさまが、必ず来ると仰っていた。だから、わたしも信じて行動するだけよ）

そう心に決めたその時だった。

「フィオナ」

ふと、隣に立っているセドリックに声をかけられる。

「随分表情が強張っている」

「え!?　あ、申し訳ありません」

「いや、かなり緊張しているようだな」

それはそうかもしれない。緊張を解そうと深呼吸するも、なかなか表情は柔らかくならない。

「殿下、失礼いたします。少し妻の緊張を和らげてくるとします」

唐突にセドリックが切り出した。オズワルドはと言うと、優雅に微笑みながら軽く手を振る。

「ああ、せっかくナバラルの大夜会に招待されたのだ。楽しんでくるといい」

いったいなにを、と瞬いたところで、セドリックが手を引いた。

「ではフィオナ。私と一曲、踊ってくれるな？」

「セドリックさま？」

「せっかくだし、楽しまないと損だろう？」

まるで開き直ったかのように、セドリックが口の端を上げている。

その笑顔につられて、フィオナも笑った。

「――そうですね。喜んで！」

大きく頷き、重ねた手に力を入れる。

ちょうど音楽が切り替わったようだ。エキゾチックなリズムのものから、優雅な三拍子に。

（セドリックさまとダンスをするのは久しぶりね）

セドリックはもともと夜会に頻繁に出るような人ではないし、フィオナも社交関係はなかなかに慎ましい。だから、セドリックと踊る機会は多くないのだ。

さすがに音楽は一流で、その華やかなリズムに自然と体が動き出す。セドリックのリードは見事のひと言で、フィオナも流れるように彼のリードに身を任せた。

今だけは、色んなしがらみも厄介事も全部忘れて、ただただダンスを楽しんだ。自然と表情も綻んでいたのだろう。セドリックも満足そうに頬を緩める。

セドリックに対してあからさまな敵意を向けていた人たちも、仲睦まじく踊るフィオナたちの様子に困惑しているようだ。

「噂とは違う」という声がちらほら聞こえた気がするが、今はセドリックだ。彼と一緒にステップを踏めているのがとても楽しい。

今だけはふたりだけの世界にいるような心地で、フィオナは笑顔の花を咲かせた。セドリックも同じ気持ちなのか、目を細めて蕩けるような笑みを浮かべていた。

その甘い微笑みに、周囲の令嬢たちがうっかり見とれていることすら気が付かず、ふたりは音楽に身を任せた。そうして、一曲どころか、二曲目までしっかり楽しんでしまい、微笑み合う。

「――少し喉が渇いたな」

そう言いながらセドリックはダンスフロアからフィオナを誘い出した。

ざわつく人々の波をかき分け、ワインを取りに行く。給仕に声をかけ、グラスを受け取った。

「フィオナはこちらの方が好みだろう？」

そう言いながら、自然とアルコールの軽いものを選んでくれる。

束の間の休息だ。ほんのりとピンクに染まった優しい色のシャンパンは、口につけるとふんわりと甘い香りが広がった。ワインとはまた違った口当たりで、まるでジュースみたいにするすると飲めてしまいそうだ。

（でも、今日はあまり酔わないようにしないと）

ほんのりと頬を染めながら、軽く口の中を潤すにとどめる。セドリックも同じ考えらしく、ひと口ふた口と赤ワインに口をつけてから、すぐにダンスホールの方へと目を向けた。

華やかなパーティーは続いている。オズワルドはこの国の貴族たちに囲まれているようだし、気が付けばアランの姿はなぜか見えなくなっている。いったいどこに行ったのだろうか。

あとは――と思ったところで、ざわめきがこちらに近付いてきた。

「楽しい時間もここまでか」

セドリックの声が一気に重たくなった。フィオナもごくりと息を呑み、ざわめきの方向へ顔を向ける。

青みがかった銀色の髪が揺れるのが見えた。感情の見えない笑顔を貼りつけ、大勢の供を引き連れてやってきたのは、ナバラル王国第二王子カリストだった。

彼はわざわざフィオナの前まで歩いてきて、優美に微笑んでみせる。白い肌に不思議な色彩の瞳。その中性的な顔立ちから、彼がとても人気があることがよくわかる。

「よかった、来てくれたんだね、フィオナ」

フィオナを目の前にして、カリストの笑顔は一気に蕩けた。まるで特別な人を前にするかのごとき表情に、周囲の令嬢たちが黄色い声をあげている。

一気に注目が集まり、フィオナは息を呑んだ。

なんとカリストはフィオナにしか目を向けるつもりはないらしい。わざとセドリックを無視するようなあからさまな態度だ。

「ああ、そのドレス、とてもよく似合っている。贈ったかいがあったよ」

瞬間、周囲がざわめいた。わざわざ女性にドレスを贈るなど、意味はひとつしかない。

フィオナが纏っているドレスが、カリストの髪色と同じ青みがかったシルバーであることも要因だろう。これしか着るものがなかっただけなのだが、まるでフィオナがカリストの想い人であるかのようだ。

「カリスト殿下、このたびは夜会への招待、そして、我ら夫婦の状況を鑑みての保護をありがとうございました。夫婦共々、大変感謝しております」

間髪を容れずセドリックが礼を言う。わざわざ夫婦という言葉を繰り返すあたり、セドリックも負けるつもりはないのだろう。

どうも、フィオナたちにとってよろしくない噂が流れていることは把握した。

セドリックに向けられる敵意の眼差しもその影響だろう。保護という名目で王宮に拉致監禁された数日の間に、なにやらとんでもない噂を流されている気がする。

フィオナたちが与り知らぬところで流れている最新のゴシップに、会場内が興味津々といった様子なのだ。

いよいよ皆の注目が十分に集まったと判断したのだろう。カリストは満を持して、フィオナに手を差し出した。

「せっかくの機会だ。フィオナ、どうか僕と一曲踊ってくれるかい？」

たちまち周囲に黄色い声があがった。それらは主に、若い女性からの声が多いようだ。

「どうするのかしら、受けるのかしら!?」

「きっと受けるでしょう！　だって、あの方の旦那さまって――」

「どんなにお美しい殿方でも、ねえ？」

興奮しているせいか、ひそひそ声が大きくなる。

「カリスト殿下ならきっと、あの女性をお助けになるわ」

そこまで聞いてようやく、思った以上にセドリックに関する噂が悪質であることを理解した。

まさかフィオナが虐げられているとか、そういう噂だったりするのだろうか。

（助けるって、わたしを？　え、どういうこと――って!?）

チラッとセドリックに視線を送った瞬間、フィオナは凍りついた。フィオナに向けていた自然な笑顔はどこへやら。キラキラと眩しいくらいの笑みを貼りつけているのである。一見優雅なようだが、目がちっとも笑っていない。完璧すぎて、逆に怖い。

もともとの作戦では、今宵、カリストの誘いがあれば受ける予定であった。セドリックもそれは理解しているはずなのに、このあり様だ。

バチバチと、ふたりの間に火花が飛び散っている。フィオナは逃げたくなる衝動を抑え込み、どうにか笑顔を作った。

遠くからこちらの様子を見ているオズワルドが肩を竦めている。そんな彼とアイコンタクトを交わし、フィオナは気合いを入れ直す。

（セドリックさまが暴走しないように、わたしがしっかりしないと……！）

そう意気込み、彼の腕を引っ張る。

（セドリックさま、セドリックさま！　わたし、行ってきますからね！）

声には出せないが、気持ちは伝わったようだ。ようやくセドリックも我に返ったらしく、こほんと咳払いをしている。

（よし……！）

きゅっと手にしたグラスを持つ手に力が入ってしまうも、フィオナは意識して深く呼吸を繰り返す。そうして優雅に一礼した。

「――喜んでお受けいたします」

給仕にグラスを渡して、代わりにその手をカリストへと差し出した。カリストはにっこりと微笑み、フィオナの手を取る。そうして手の甲に恭しくキスを落とし、フィオナをダンスホールへと誘った。

セドリックと距離が離れていく。ふと彼の方を振り返ると、相変わらずの氷の笑顔である。グラスを持つ手にギリギリと力が入っているのが遠くから見てもわかるほどだ。

（あと少し！　少しだけ我慢してくださいセドリックさま！）

心の奥で叫びながらも、まずはカリストが用意したシナリオに乗るしかない。

カリストが踊るということで、音楽はいっそう華やいだ。

ダンスホールはまるでカリストとフィオナのためだけに存在するかのように、誰もいない。他の招待客たちは見物に回るつもりのようだ。

広いダンスホールを独占し、ふたりでくるくるとステップを踏む。さすが第二王子と言うべきか、カリストのステップも完璧で、悔しいが非常に踊りやすい。

ただ、どうしても気分は乗らなかった。そこをなんとか取り繕い、笑顔を作る。そうしてフィオナは隣国の王子に対する礼儀を尽くした。

一曲終わった頃には、誰もがフィオナたちに注目していて、会場は拍手で溢れていた。

「――フィオナ」

カリストは笑みを深めた。中性的な彼の出で立ちは、本当に様になる。王子様然として微笑みながら、彼はゆっくりと片膝をつく。

周囲からわっと期待の声が響いた。だって、こんなの他国の招待客に接する態度などではない。手を取りながら片膝をつく仕草の意味は、リンディスタ王国と共通だ。

「もう、この想いを我慢することなどできない。どうか――改めて、僕を選んでもらうことはできないだろうか」

熱っぽい目を向けられている。

この国の王族特有の夕日が沈む海の瞳は、相変わらず吸い込まれそうなほどに美しい。まるで恋した相手を見つめるような微笑みだが、その瞳はちっとも笑っていないように感じた。

（って、いきなりプロポーズですか⁉　嘘でしょう⁉）

なにか仕掛けてくるとは思っていたけれど、ここまでするとは思わなかった。

一気に勝負を決めに来た。フィオナは心臓が止まりそうになりながらも、落ち着くために深く呼吸する。

「……選ぶとは、どういうことでしょう？」

そうして、声が震えないように注意して問い直した。

「はっきり言うよ。――フィオナ、君を縛っている男から解放されて、改めて僕と結婚してくれないだろうか」

会場は一気に沸き立った。

＊

セドリックは、カリストに手を引かれてホールに歩いていくフィオナの背中をずっと見ていた。いつの間にか、握りしめる拳に力が入りすぎていたらしい。一度だけ振り返ったフィオナの顔を見て、冷静さを取り戻す。そして気持ちを落ち着かせるために、わざと大きく息を吐いた。

（大丈夫だ、これは作戦通り。――そうだろう？）

敵はずっと、セドリックとフィオナを引き剥がすことに躍起になっていた。

四日間、客室に押し込められた時もそうだ。フィオナは、件のはぐれ魔法使いの天敵だ。彼女がいることによって、たちまち精神に影響を与える魔法が無効化される。

以前、ひとりでクラウディオの屋敷に行った際、相手も確証を得たはずだ。フィオナさえそばにいなければ、短時間でもセドリックの精神を支配できるのだと。

あれは恐ろしい魔法だった。判断力が著しく低下し、自棄になる。不安が膨らみ、制御できなくなる。あんなものに支配されたら、まさに相手の操り人形になってしまう自覚はある。

おそらく相手は、セドリックの精神支配をした上で、フィオナとの離縁を迫るつもりなのだろう。あるいはオズワルドを支配して、あちらに離縁を認めさせるかのどちらかだ。公衆の面前で宣言させ、逃げられないようにする。

（そうはさせてなるものか）

しかし、今、相手を捕らえるためには、その特殊な魔法の証拠が必要だ。魔法省のような魔法を取り締まる組織がないこの国で、魔法の証明は難しい。だから現場を取り押さえるしかない。

（今の私にはお守りがない）

唯一の刺繍はオズワルドに託した。いくら護衛がいるとはいえ、最も尊きあの人になにかあってはならない。となると、セドリックが囮《おとり》になるしかない。

（どうも私に対する不都合な噂もあるみたいだしな）

耳をそば立てているとよくわかる。

フィオナがカリストに連れていかれてから、噂話にはますます花が咲いているようだ。セドリックがそばにいることもお構いなしに吹聴する。

「ずっと奥さまに暴力を振るっていたそうよ」

「身分を笠に着て、自由を奪っていたとか」

「冷酷だって噂だけれど、それ以上なのね」

そんなわけないだろう、と全力で叫びたい。けれども、こちらがなんの反応も示さないことで気が大きくなっているのか、周囲の噂話はますますエスカレートしていく。

「だからカリスト殿下も、見るに見かねてあの方を保護なさったそうよ」

「え⁉　どこかの不審者に狙われているわけではなく、もしかして――」

「そう、あの方自身から奥さまを？」

さすがにあからさまに言いすぎたと思ったのか、ひそひそ声が小さくなっていく。

予測通りと言えばそうだ。セドリックたちを監禁している間に悪い噂を流し、フィオナの離縁、さらにカリストとの再婚を歓迎させるような雰囲気に持ち込む。

煌びやかな音楽が流れ出し、くるくると踊るふたりの姿を見て、誰もが息を呑んでいる。大方、カリストがフィオナの優しさに打たれて懸想した——などという噂も一緒に流されているのだろう。周囲を巻き込み、フィオナをこの国に取り込もうとしているわけだ。

(あの野郎、フィオナにくっつきすぎだ。離れろ、今すぐ!)

なんと腹立たしいことだろう。ナバラル王国の王子たちは、揃いも揃ってフィオナに馴れ馴れしすぎるのだ。

カリストの場合は全部打算なところも気に食わない。フィオナを単なる道具としてしか見ていない。今だって、いかにも恋をしているような表情を浮かべているが、白々しい。あんな男にフィオナが触れることなど許しがたい。

(まったく、いつになったらやってくるんだ、あの男は!)

もうひとつ、セドリックは苛立っていることがあった。

いまだにクラウディオが姿を現さない。今宵は彼の存在が必要不可欠だ。散々焚きつけてやったというのに、これで来なかったとしたらどうしてやろうか。

(あそこまで忠告してやって、はぐれ魔法使いとやらの魔法に絡め取られて動けない——などと寝言をほざいてみろ。お前のことを一生許さんぞ)

イライラとした気持ちを抱えたまま、それでもセドリックはフィオナたちから目を離さなかった。

正直、フィオナがあんな王子と踊っているところを見なければいけないのは拷問以外の何物でもない。だが、今は我慢だ。

セドリックに対する悪い噂と、カリストとフィオナの関係を応援する声。ふたつの声が会場に満ちていくのを感じながら、とても長い時間が経ったように思える。やがて音楽が終息しようとした時、後ろから声をかけられた。

「本当に残念なことですね。フィオナさまは、あなたにはもったいない」

呪いの声だった。

(やはり後ろから来た……！)

クラウディオの屋敷で魔法をかけられた時と同じだ。セドリックは待っていたのだ、この男が仕掛けてくるのを。

浅黒い肌が視界の端に映る。自然と隣に並ぶその姿を目に焼きつけ――やはりと思った。

サウロだ。

目が合う。黒目が小さく、まるで睨みつけるようなつり目の男と。焦げ茶色の髪は短く切り揃えられ、生真面目そうな男が正装を身につけてそこに立っている。

今日ですべてを終わらせる。それは向こうも同じつもりなのだろう。もうその正体を隠す必要もないとばかりに堂々と横に立つ。

同時に、彼から強い魔力が放たれるのを感じた。瞬間、以前と同じように自分の中の魔力がかき混ぜられそうになる。

(――そうはさせるか！)

しかし、セドリックは踏ん張った。以前アランが別荘にやってきた時、口頭で聞いていたのだ。

もし、この魔法に絡め取られそうになったら――、と。

『相手の魔力に支配されなきゃいいから、こう、体内の魔力を固定化させて、相手の魔力が廻るのを抑えたり？』

要は相手の魔力が全身に廻らないようにすればいいと、アランは教えてくれた。言葉だけだと理解することは難しかったが、この四日間、あり余った時間で訓練していた。自分の内面に意識を向けて、魔力を固定化させることに。

（次こそは！）

クラウディオの屋敷で襲われた時は、不意をつかれて反応できなかった。けれども、心の準備ができていた今なら負けはしない。

「ウォルフォードさま、あなたは、フィオナさまに相応しくない」

サウロの魔力とともに、その言葉がセドリックの中に浸透していく。

距離を詰められると効果は絶大で、体内の魔力がかき混ぜられそうになった。心の準備をしていても、やはり実戦は難しい。体内に浸透していくサウロの魔力に心が支配されそうになる。

周囲に悲鳴があがった。

セドリックが手にしていたワイングラスが落下したからだ。ガシャン！と音を立てて、赤い液体と硝子の破片が床に飛び散る。同時にセドリック自身も膝から崩れ落ち、額に手を当てた。

「ああ――ほら、皆さま、あの方たちをご覧ください」

そんなセドリックの異変など気にも留めず、サウロはダンスホールの中央へと視線を投げかける。彼に誘導されるように、周囲の貴族たちもまたホールの中心に目を向けた。

いつしか音楽は終わっていた。

ホールの中央には向かい合う男女がひと組。カリストとフィオナだ。年回りの合うふたりはまるで恋人同士のようにお似合いに見えるだろう。

どくん、と心臓が嫌な音を立てた。

『あなたは、フィオナさまに相応しくない』

言い聞かせるかのようなあの口調が脳に反芻している。

わかっている。これがカリストたちの作戦だ。ここでセドリックの意識が底に落ちれば、まさに敵の思うつぼだ。

（だめだ！　しっかりしろ！）

唇を噛む。今は、フィオナの魔力を感じられるものなど近くにない。となると、あとは自分の気力と精神力だけがものを言う。これ以上サウロの魔力が浸透しないように、セドリックは必死で抗おうとした。

生憎、会場の片隅で起きた小さな事件に、カリストは気付いていないようだ。彼の意識はフィオナだけにある。そして、ホールの中心で、いよいよカリストが膝をついた。

（あとは、私が……っ！）

カリストがやらかすまで正気を保てたらセドリックの勝ちだ。

だからセドリックは覚悟を決めた。床に散らばるワイングラスの欠片《かけら》。それをこっそり右掌に掴み、立ち上がろうとする。

「すまない、少し立ちくらみをしてしまってな。――サウロ、肩を貸してくれないか」

セドリックの言葉にサウロは目を見張った。彼にとって意外な反応だったのだろう。三白眼でジッとこちらを睨みつけ、口を閉ざす。

「――どうぞ」

訝しむ様子を見せつつも、彼は確実にセドリックを支配する選択をしたようだ。セドリックの体を支え起こしながらも、その魔力を直接流し込んでくる。

体への負荷がさらに大きくなった。セドリックはそれに支配されぬよう、必死で抗った。

ワイングラスの破片を握り込む右手に力を入れた。白い手袋を貫通して、硝子の欠片がセドリックの肌を貫く。激しい痛みとともに、じわりと血が滲んだ。しかし今は正気を保つためにも、この痛みが必要だ。

「くっ……」

痛みに喘《あえ》ぎながらよろける。それでもセドリックは意識をどうにか保ち、しっかりと地面を踏みしめた。

「ああ、随分と顔色が悪いようだ」

サウロは心配そうにしているが、その裏で退出させまいという強い意志を感じる。向こうの断罪シナリオに、セドリックの存在が必要不可欠だからだろう。

（むしろ、好都合だ）

サウロに体を預けるようにして、セドリックは彼のことをしっかりと掴んだ。

（私を掴まえているつもりのようだがな、捕まっているのはお前だ、サウロ！）

この茶番を全部ここで終わらせる。そう自分に言い聞かせ、奮い立たせる。

その時、会場にひときわ大きな歓声があがった。

カリストが、よりにもよってセドリックの大切なフィオナに公開プロポーズをしたのだ。

＊

「はっきり言うよ。――フィオナ、君を縛っている男から解放されて、改めて僕と結婚してくれないだろうか」

カリストが甘い笑顔でそう告げた瞬間、会場は一気に沸き立った。

この国の未来を担う王子ふたりは、いまだにどちらも婚約者すらいない独身だ。特に、クラウディオが表舞台に出てこなくなってもう二年。王太子の座は、今やカリストの方が本命だ。そんな彼が、衆目の中プロポーズしたのである。

フィオナが既婚者であることなど皆知っているはずなのに、色よい返事をすることを期待しているかのような眼差しだ。

「わたしには、夫が――」

「君たちは離縁する予定なんだろう？　君がそう言ったんじゃないか」

「え？」

カリストはなにを言っているのだろう。ありもしない事実を捏造《ねつぞう》され、硬直する。

とんでもないでっちあげだ。こんな主張が通るなどと、どこからその自信がやってくるのだろうか。カリストの感覚が理解できなくて、頭の中がはてなでいっぱいになる。

「心配しなくていいよ。もう大丈夫だ。――誰にも言えなくてつらかっただろう？　これからは僕が、あの男から君を護ると誓おう」

「護る？」

「ひどい仕打ちを受けていた。そうだろう？　優しい君をまるで奴隷のように扱って——僕が黙って見ているとでも？」

カリストがそう言いきった瞬間、会場に拍手が沸き起こる。

まさにカリストはこの大夜会の主役だった。セドリックという凶悪な男から、フィオナを護ろうとする勇敢な男。そのようなシナリオで順調に進んでいる。

「奴隷だなんて！　セドリックさまはとてもお優しい方です！　そのようなこと、絶対になさいません！」

「そう言わないと、後で仕置きをされる。——違うかい？」

カリストは堂々としたものだった。

なにを思ったのか、彼は立ち上がり、くるりとフィオナに背を向けてしまう。

「オズワルド・アシュヴィントン・リンディスタ殿下」

そしてカリストは交渉相手を変えた。フィオナではなく、セドリックの主にあたるオズワルドへと。フィオナに話しかけるのとはまた違う、王子らしい柔らかな物腰で主張しはじめた。

「いかがでしょう？　まもなくおふたりは離縁されるとのこと。であるならば、正式に彼女をこの国にお迎えしても問題ないはず。僕は彼女を愛しています。そして、あなたの国ともよりよい関係性を構築していきたい。彼女の存在が二国の架け橋となれる。そう思われませんか？」

オズワルドが黙っているのをいいことに、カリストはどんどん饒舌になっていく。

「僕はいずれ、この国の王太子、ひいては国王として立つつもりでおります。そうなれば彼女はその妃、やがて王妃となるでしょう。彼女の故郷をどうしてないがしろにできるでしょうか。我々は今後、よりよい関係を結んでいきたい。ああ、そうですね――」

　ふうむと考え込むようにして、カリストは例をあげつらっていく。

　塩の取引と関税について、海産物の取引条件や、二国を繋ぐ道の整備の確約、それから珊瑚やカメオといった宝飾品や、織物の取引について。ざっと並べただけでもすぐに飛びつきたくなるような条件を積み上げていく。

　ナバラル貴族たちは、その条件にカリストの本気を見たらしい。中には、カリストの独断による提案に訝しげな顔を見せる者もいるが、そういった手合いは黙殺される。会場はほぼ一体となって、カリストとフィオナは結ばれるべきという空気が満ちていく。

　しかし、それに流されるオズワルドではなかった。

「――ふむ。わからないな。貴国の申し出は魅力的だが、どうしてそうもフィオナにこだわる？　彼女はウォルフォードの大切な妻だ。彼女を本当に愛していると言うのなら、どうして彼女の幸せを横から奪おうとできる」

　唐突に正論を返されて、カリストは眉を吊り上げた。

「は？　なにを――」

　ここまで好条件を並べたのだ。オズワルドがすぐに食いつくと思っていたのだろう。

「彼女はウォルフォード殿にひどく虐げられていると聞き及んでおります」

「私からはとてもではないが、そう見えないがな？」

　わざと不思議そうに呟くオズワルドを見て、カリストは顔色を変えた。オズワルドが反論するなんて、微塵も思っていなかったらしい。

（そっか。カリスト殿下は、オズワルド殿下とセドリックさまの関係性を甘く見ているのだわ）

ようやくフィオナは理解した。

どうしてカリストが、こうも無茶な交渉を自信ありげに続けてきたのか。

彼は根本的に勘違いをしているのだ。

カリストにとって臣下とは、すぐにでも切り捨てられるものだ。だから、国同士の取引の方が圧倒的に優先されると考えたに違いない。

（殿下が、セドリックさまを切り捨てて取引をするだなんて、ありえないのに）

キッと眉を吊り上げてカリストを見るも、彼はもうフィオナのことになど気にも留めていなかった。どうやらオズワルドと交渉をすることに必死らしい。

（わたしもセドリックさまも、リンディスタ王国だって、あなたの思い通りに動く駒なんかじゃないわ）

そんな当たり前のことが欠如している。でも寂しいことに、それがカリストにとっての常識なのだろう。

「セドリックさまがわたしを虐げることなどありません。わたしも、セドリックさまと離縁するだなんてありえません！」

「君は脅されているだけだ！」

すっかり雲行きが怪しくなっているのに、カリストは諦めない。というよりも、もう引き返せないところに来ているのだろう。

「君の夫がどれだけ冷たい男かなど、見ればわかるじゃないか！」

カリストは芝居がかった様子で指をさした。その指の先には、セドリックの姿がある。ギュッと拳を握りしめた彼は、ずっと苦しそうに息を吐いている。そしてその後ろ。サウロが彼を支えているのが目に入った。

フィオナたちの予想通りだった。おそらく、サウロこそがはぐれ魔法使いで、クラウディオを長年苦しめ続けてきた裏切り者なのだろう。

かかった。サウロがその姿を現し、公衆の面前で魔法を行使した。事はフィオナたちの予定通りに運んでいる。

（でも、セドリックさまが――）

顔色が悪い。今度こそサウロの魔法に抗ってみせると宣言していたけれど、難しかったのかもしれない。どうにか意識を保っているようだが、いつまで抵抗できるだろうか。

今の状態は苦しかろう。完全にサウロに支配される前に癒やしてあげなければと、フィオナは駆け寄ろうとする。

「待て！」

しかし、カリストに腕を掴まれ、離れられない。

「やめてください！」

「君が手を取るべきは僕だろう？　目の前で君が求婚されているにもかかわらず、あの男はただただ傍観していた。君のことなんてどうでもいいと思っている証拠じゃないか⁉」

会場のざわめきが大きくなる。

それはそうだと納得しはじめる者もいて、セドリックに向けられる目が厳しくなる。

「僕は君を救いたいんだ！」

カリストの主張に頷き、皆、一斉にフィオナに目を向けた。カリストの手を取れという無言の圧力を感じる。

しかし、今のフィオナには周囲の反応を気にしている余裕などなかった。

「セドリックさま！」

フィオナの必死の呼びかけに、セドリックはハッとする。両方の拳を握りしめて、ブルブルと大きく震えた。そうして、なにかを決意したようにゆらりと顔を上げる。

彼の菫色の瞳が真っ直ぐにフィオナたちを捉えていた。顔色こそ悪いが、その瞳には生気が宿っている。

フィオナは息を呑んだ。あの目は大丈夫だ。彼はまだ折れていない。

「私が傍観しているだけだと仰るか？　――カリスト殿下」

一歩、二歩とセドリックが前に出る。これに焦ったのはサウロだった。セドリックを支える体で手を添え、絶対に彼を放そうとしない。セドリックが振り払えないことをいいことに、彼を魔法で縛ろうとしているのだろう。

苦しいだろうに、セドリックは己を保ったまま、煮えたぎるような激情を瞳に宿していた。私、などと改まった言葉を使っているものの、その内に宿る静かな怒りが滲み出ている。

「大切な妻と引き離され、ありもしない噂を吹聴され、それでも、あなたとあなたの国になにかあってはならないと我慢をし続けていたわけですが、この我慢ももう必要ないと仰るか」

セドリックがはっきりと意志を示していることに、カリストは顔色を変えた。

「どういうことだ、サウロ⁉」

動揺を隠しきれなかったのか、セドリックの隣に立つサウロに話を振る。しかし、間髪を容れずにセドリックが語り出した。

「殿下、まだ私は答えを聞いておりません。――あなたさまは私を、とんでもなくひどい男と勘違いなさっているようだが、そのような事実はございません。私がフィオナを虐げている？　そんなこと、あり得なさすぎて冗談にもなりません」

話しはじめて調子が出てきたのか、口が回ってきた。ギュッギュと拳を握りしめながら、こちらに向かって歩いてくる。

「あと、そうだ。すぐに動けなかったのは――そうですね、私を陥れたいどなたかが、ご丁寧に毒を盛ってくれたようで、さすがの私も体が思うように動かず不覚を取りましたが――」

彼がニマリと口の端を上げる。瞬間、カリストがヒッと声をあげた。

カリストの気持ちは痛いくらいよくわかる。今のセドリックの表情は、冷酷な次期公爵なんて生易しいものを越えている。

魔王だ。大魔王が降臨した。笑顔の裏に煮えたぎる怒りを隠し、ずんずんと前へと歩いてくる。

（って、セドリックさま！　それ、逆効果っ！　逆効果ですっ‼）

どちらかというと、この場で必要なのは悪い噂の払拭だ。しかし、彼のこの表情は、余計に周囲を恐怖に陥れかねない。

なまじ顔が整っているばかりに、その笑顔が恐ろしい。背筋が凍るとはまさにこのことで、カリストの隣に立っているフィオナまでも身震いした。

「な、なんだ。やめろ――私に近付くな」

カリストが後ずさる。

だって、彼がやっていることは言わば横恋慕だ。大衆を味方につけて美談にしようとしていたが、セドリックが見逃すはずがない。

「いくら他国の王子殿下であろうとも、我が愛する妻に手を出そうなど、許せるはずもありません」

カリストの頬は引きつり、肌は青ざめている。瞼をぴくぴくと動かしながら、少しでもセドリックと距離を取ろうとする。その時だった。

「っ、痛っ！」

乱暴に手を引かれた。フィオナの細い手首がミシリと音を立て、ひどく痛んだ。とてもではないが、女性に対する扱いなどではない。

今のフィオナは、誰から見ても人質のようだった。会場にざわめきが広がるが、カリストにそれを気にする余裕などないようだ。

「サウロ！　サウロなにをしている！　その男を止めないか！」

カリストの呼びかけにサウロが飛びかかる。しかし、セドリックに触れた瞬間、バチッとなにかの力に弾かれた。

魔法だ。きっと無意識に、セドリックの魔法がサウロという存在をはね除けている。それが少なからず、サウロの精神阻害自体も弾いているのだろう。

（サウロの魔法を弾いた!?　セドリックさま、よかった！　これで――！）

勝利を確信しようとした瞬間、フィオナは気付いてしまった。

ザッと背筋が凍るような心地がした。

赤だ。

ぽとりぽとりと、ほんのわずかだが、赤が落ちている。

セドリックの右手。綺麗なはずの白い手袋に、なぜか血が滲んでいるのだ。それが手袋の布程度では吸いきれず、床にしたたり落ちはじめている。

いったいどれほどの出血をしているのだろうと、フィオナは顔面蒼白になった。

（どうして⁉　いつ、怪我を……⁉）

よく見ると彼の手は震えていた。まるで激しい痛みに耐えるかのように。

もしかして、セドリックさま、やめて！）

もしかして、サウロの魔法に負けぬようにするためだろうか。彼自身が意識を保つために、己の体を犠牲にしている。

「セドリックさま！」

今すぐ彼に近寄りたくて、叫び声をあげる。カリストの手を振り払おうとするも、男性の力には勝てない。必死で抵抗するが、フィオナはずるずると引きずられてしまう。

「私のフィオナになにをする……！」

いよいよ取り繕う余裕もなくなったらしく、セドリックの言葉遣いが荒くなった。今にも飛びかからんとする彼に、カリストは必死で呼びかける。

「僕に手を出そうとでも⁉　馬鹿め！　――衛兵！」

いよいよ交戦になるかと思われたその時だった。

「あーあ。我が弟ながら、見苦しい。お兄ちゃんの教育が足りなかったかな」

よく通る声が、入り口の方から響いてきた。

その声を、この会場の人々はよく知っているのだろう。まさか——という声がそこここであがる。

開かれた大扉の向こうには、人影がふたつ。ひとりは、フィオナたちもよく見知った顔だ。いつの間にか姿を消していたアランが、ある人物を支えるようにして会場の中へと歩いてくる。

そんなアランに支えられたもうひとりの姿を見て、誰もが驚きの声をあげた。

「クラウディオ殿下⁉」

「殿下が、まさか——！」

長く公の場に姿を現さなかった第一王子。そんな彼が満を持して現れたことに、戸惑いと喜びの声が広がっていく。それだけで、彼がこの国の貴族たちからどれほど支持されていたのかがよくわかった。

いつもはだらんと伸ばしっぱなしになっていたセミロングの髪は、繊細な飾りの髪留めでひとつにまとめて肩にかけている。それだけで随分とキリリとした印象だ。詰め襟のコートも着崩すようなこともなくカッチリと整え、皆の前ではアランの支えは不要とばかりに、その場に凛とした様子で立つ。

夕日が沈む海の色をした瞳がフィオナとカリストを——それから、セドリックとサウロをそれぞれ捉える。一部始終を見ていたようで、彼はほんのわずかに悲しそうに眉尻を下げるも、すぐにいつもの底の見えない笑みを浮かべた。

「アラン殿、ここまで連れてきてくれて感謝する。——もう大丈夫だ」

「はーい、お安いご用ですよ」

いつの間に懇意になったのか、すっかり打ち解けた様子である。アランが一歩横に引くと、クラウディオは赤い絨毯の上を真っ直ぐ歩きはじめた。

やはり、かなり無理を押してやってきたのだろう。少し足もとが覚束ない様子だが、それでも彼はどうにかこちらに向かってくる。皆が彼のために道を空け、やがてフィオナたちの前までたどり着いた。

「あ、あ、あ、兄上！　どうして――！」

「どうしてもこうしても、建国を祝う日の大夜会に第一王子が出席することに、なんの疑問がある？」

「体調を崩していらっしゃると」

「ああ、そうだな。誰かさんの毒？のおかげでな――」

クラウディオは、サウロを一瞥《いちべつ》した。サウロがぶるりと震え、後ずさる。ただ、逃げるようなことをするつもりはないらしく、ギュッと拳を握りしめている。

しかし、今のクラウディオの意識はカリストの方へと向けられているようだ。すぐに視線をもとに戻し、フィオナの手を強く掴んだままの彼に、呆れたように言い捨てる。

「それが懸想している相手に取る態度か？　男の風上にもおけないな」

「なっ――！」

「フィオナ。――そうも強く掴まれては、痛むだろう？」

さすがにクラウディオを無視するわけにはいかず、カリストはしぶしぶフィオナの腕を放した。

「っ、ありがとうございます、殿下っ」

どうにか感謝を伝えるも、フィオナはすぐに彼に背を向けた。だって、今はセドリックだ。一秒でも早く彼のもとへ駆けつけたい。

「セドリックさま！」

随分と顔色が悪い。

フィオナがカリストを振り払えなかったせいで、長く無理をさせてしまった。

彼を支えるように強く抱きしめてから、ふたりで膝から崩れ落ちる。不格好に床に膝をつきながらも、フィオナは彼のことをぎゅうぎゅうに抱きしめた。

「——ここまで見せつけられて、どうしてこのふたりが愛し合っていないと言えるんだ、お前は？」

背後から呆れたようなクラウディオの声が聞こえてくる。でも、今のフィオナの意識はセドリックのもとにある。血が滴る彼の右手に手を伸ばし、表情をくしゃくしゃにした。

セドリックも、少し気まずさがあるのだろう。見られるのは憚《はばか》られるのか、彼はその手を後ろに引くような素振りを見せる。けれども、逃がしてあげない。パシリと彼の手を掴まえ、ゆっくりと開かせる。

「こんな——ここまでして」

泣きそうになった。そこには大きな硝子の破片がひとつ握り込まれていたからだ。

手袋は無残に穴だらけになっていて、あちこちにひどい創傷がある。深く肌がえぐれているところがあって、その痛々しさに息を呑んだ。

心臓が縮み上がりそうなほどの恐怖だ。どれほどセドリックに無理をさせていたのかと、考えるだけで苦しくなる。

「セドリックさまの馬鹿！　お馬鹿！」

「意識を保つために必死だったんだ。名誉の負傷ということにしてくれないか」

「しません。許しません、こんな」

セドリックはひどい人だ。今度こそ、相手の魔法を弾いてみせると豪語していた。

いつもの澄ました顔で余裕を見せておきながら、実はこんなにも無茶をしていたなんて。

「あのままアイツに縛られて、フィオナを手放すことになることだけは看過できなかったんだ」

「それでも、許しません」

ほろほろほろと、涙が溢れていく。

あまりに痛々しい手に、フィオナは己の手を重ねた。

少しでも、痛みが治まればいいのに。そう願いながら、祈りながら、愛しい彼の手を己の頬に当てる。

「――フィオナ、君が汚れる」

「ちっとも気にしません」

その光景を、誰もが無言で見ていた。

「――このふたりを前にして、今出回っている荒唐無稽な噂とやらを信じる阿呆はいるか？」

肩を竦めながら、クラウディオが訴える。

「まったく。この国の貴族の目は節穴か？　よく、こうも暑苦しいくらい相思相愛のふたりの仲を疑えるな」

小馬鹿にしたようなもの言いだが、クラウディオらしい。皮肉めいた言い回しで、周囲の貴族たちを黙らせる。

「カリスト。己の欲望のために、よくも他国の大事な客人に手を出したな」

「違う！　私にはフィオナが――！」

必要だ。そう言おうとして、できなかったらしい。

だって、カリストがフィオナを愛していなかったことなど、すでに明白だ。そうなると、表向きにはカリストがフィオナを娶る理由がなくなってしまうのだ。

今はまだフィオナが女魔法使いであることを公表できる状態ではない。だって、ここにはオズワルドが目を光らせている。女魔法使いだから強引にセドリックとの離縁を迫ったなどとなれば、絶対に国際問題になる。

いや、なんならすでに問題は勃発していると言ってもいい。

カリストはオズワルドの大事な右腕であるセドリックを陥れようとしたのだ。その理由がなんであれ、見過ごされるものではない。

「それに、なんだ？　あの雑な取引は。いつの間にお前が、関税に関する全権を任されるようになった？」

「それは――」

「見苦しい。これ以上王家の顔に泥を塗らないでくれ。――お前たち、カリストを退室させろ」

「まっ！　おい、お前たち、なにをする――!?」

衛兵たちに引っ張られる形で、カリストが会場の外へと連れていかれる。騒然とする会場内で、クラウディオが次に目を向けたのはサウロだった。

彼がこの場に姿を現した瞬間から、サウロも覚悟を決めていたのかもしれない。一切申し開きをすることもなく、頭を垂れ、その場に膝を折る。

クラウディオはそんな彼を見下ろしながら、そっと息を吐く。

「――残念だ」

低いその声は、どこか諦めたようでもあった。

やはり、クラウディオにとってサウロは大切な臣下だったのだろう。

クラウディオを欺き続けた男だ。クラウディオ自身も、サウロの裏切りには気付いていたはずだ。

それでも、そばに置きたいと思うほど、彼のことを信頼し、頼りにしていたのだろう。それを、このような形で断罪するのは苦しかろう。

それでも、クラウディオは決別を選んだ。

「私が諦めたせいだ。至らない主で、本当にすまない」

なにを、とは教えてはくれなかった。しかし、サウロには十分以上に伝わったのだろう。

「――――っ、申し訳、ありま、せ」

ずっと無表情だったサウロが、表情を崩す。涙をこらえることすらできなくて、人目を憚らず慟《どう》哭《こく》した。

「この男は、この国の第一王子である私と、リンディスタ王国の友人セドリック・ウォルフォード殿に攻撃魔法を仕掛けたはぐれ魔法使いだ。――連れていけ」

王子たちによる大立ち回りのおかげで、すべて片付いた。

もちろん会場内は騒然としていたが、時間が経つにつれ平穏を取り戻しつつあるらしい。ホール裏にあるこの控え室にまで、優美な音楽が聞こえてくる。皆を落ちつけるようにと、今は少しゆったりとしたリズムの曲が流れているようだ。

「もう、セドリックさまの馬鹿！　お馬鹿！」

そんな音楽を背景に、フィオナは頬を膨らませながら奥の椅子に腰かけているセドリックの手を取っていた。

「くくっ」

「どうしてそんなに嬉しそうなんですかっ！　わたしは怒っているのですよ!?」

事前に、サウロは引き受けたと言っていたけれど、こんな無茶をするだなんて思わなかった。

「ああ、わかっている。反省しているとも」

「全然わかっていませんよっ」

普段だと折れるのはフィオナの方だが、彼が無茶をするというのなら話は別だ。ぷりぷりと怒ってみせるも、セドリックはますます笑みを深くするばかり。

「――なんだか、一生分馬鹿と言われた気分だと思ってな」

「これからセドリックさまが無茶をされるたびに、言って差し上げますっ」

「それは楽しみだ」

「もう！　だから無茶をなさらないでくださいってことです！」

なんてわからず屋なのだろう。こちらは真剣だというのに、セドリックは随分と上機嫌だ。

すべてが解決して安堵しているのはわかる。それにしても、もう少し身を入れて聞いてくれたらいいのにと思う。

「殿下殿下ぁ、セドさんって、実は奥さんに怒られたら喜んじゃうマゾだったの、知ってました？」

「いや、知らなかったな。尻に敷かれて随分嬉しそうに見えるな」

「セドさんの部下が見たらどんな顔するかな」

ニマニマとこちらの様子を見下ろしているのはオズワルドとアランだった。彼らもまたセドリックを心配して、ついてきてくれたのだ。

そしてもうひとり。最後の最後ですべてをまとめてくれた、この国の第一王子クラウディオも。

「まったく、フィオナはおとなしいようでいて、なかなかに容赦がないからな」

からかうような口調でそう言いながら、笑っている。

「お前にフィオナのなにがわかるっていうんだ」

「わかるさ。――というか、相変わらずの態度だな、お前は」

かと思えば、セドリックとぽんぽんと言い争いを始めてしまった。

そういえば、セドリックたちはいつの間にここまで砕けた間柄になっていたのだろう。フィオナがパチパチと瞬いていると、クラウディオが苦笑いを浮かべながら、肩を竦める。

「フィオナは本当に容赦がない。私みたいな存在を見捨てず、自分の正体がバレる心配を押して、どうにか助けようとしてくれるくらいにはな」

それはつまり、頑固者と言いたいのだろうか。まるで褒められた気持ちにはならないが、クラウディオはどこか曖昧な笑みを見せた。それからすぐにフィオナの右手を取り、恭しくキスを落とす。

「――君は貴重な存在なのだろう？　この手にどれだけ救われたか」

「クラウディオ」

「あー、はいはい。また馬鹿のひとつ覚えみたいに口説くなって言うのだろう？　ガミガミ怒ってばかりだと、そのうち愛想を尽かされるぞ」

「な!?」

クラウディオの意識はいつしかセドリックをからかうことに向いており、先ほどまでの表情はどこかに消えてしまった。今はまた、底の見えない笑みを浮かべている。

そうしてフィオナに向かってパチンとウインクをして、宣言した。

「セドリックに飽きたらいつでも私のもとへ来るといい。正妃の座は空けておく」

「クラウディオ！」

顔を真っ赤にしたセドリックの怒声に、クラウディオだけでなく、居合わせたオズワルドやアランまでどっと笑ったのだった。

一件落着。皆の中ではそんな結論にたどり着いたのだろう。

でもまだだ。フィオナは真剣な面持ちで、傷だらけのセドリックの右手に目を向ける。

「ちょっと待ってください。そんなことより、セドリックさま」

雑談に花を咲かせたい気持ちはわかるが、今は治療と説教が先だ。唇を尖らせながら、フィオナはセドリックの手袋を外していく。

「そんなことより、ときたか……」

クラウディオの呆れたような声は右から左だ。フィオナは真剣な面持ちでセドリックの手をしっかり見る。

消毒や包帯は用意してもらっているが、まずは硝子の破片が残っていないか確認することが最優先だ。痛々しい傷を直視するのは、正直怖い。でも覚悟を決めて、セドリックの右手と向き合った。

「え？」

だが、想像していた状態とは、随分かけ離れていた。

彼の掌は無残に切り裂かれ、肉が抉《えぐ》れるような深い傷もあったはずだ。なのに、血が止まっているばかりか、すでに薄ピンク色をした肉がこんもりと盛り上がっている。驚くほどの速さで、肉体が再生しはじめているのである。

「セドリックさま？　あの、これは……」

「ああ。実はな、フィオナ。もう君が心配するほど痛んではいないんだ」

セドリックが少し言いにくそうに笑っている。

「君のおかげだな」

「え？」

「会場で、君が私の手を心配して握りしめてくれただろう？　無意識に、魔力を流していたようでな。その後からだ、傷があまり痛まなくなったのは」

「でも、わたし――」

フィオナは困惑した。

確かに、フィオナには癒やしの魔力が備わっている。

しかしそれは、アラン曰く『人の魔力の流れを正しく整えたり、浄化したりする能力』だ。体調や気分を整える効果はあっても、傷の治りが早くなるなど思わなかった。

(わたし、怪我を治すこともできるの……?)

ここにきて新たな可能性を見つけてしまい、当の本人すらぽかんとしてしまう。

「――これは大変なことだな」

クラウディオが呻《うめ》いた。フィオナから奪うようにしてセドリックの右手を掴み、治りかけの傷を凝視する。

「フィオナのこの力を知ったら、彼女を手に入れようとする輩が後を絶たないぞ? ――おい、セドリック、わかっているだろうな」

「ああ」

セドリックの表情が一気に引きしまる。だが、クラウディオに手を掴まれたままなのは不本意なようで、さっと手を振り払っていた。その手を、今度はアランやオズワルドが覗き込み、難しい顔をしてみせる。

「確かに、こんな力は普通の術式に存在しないからね。癒やしの力――うーん、回復魔法と言うべきかな。いやいや、まいったな、これ」

まさかあのアランまでもが考え込んでいる。

そこまで稀少な力を持っているとは思わなくて、フィオナはきょとんとした。それから後になって、じわじわと不安が押し寄せてくる。

女魔法使いというだけで、ナバラル王家の王位継承権争いに巻き込まれたのだ。フィオナの力にさらなる付加価値が宿ったとなれば、今度はなにに巻き込まれるのか。想像するだけで不安になり、俯き、すっかり黙り込んでしまう。

そんなフィオナの頭に、ぽんと大きな手が置かれた。顔を上げると、そこには優しい微笑みを湛えるセドリックがいる。菫色の瞳が細められ、なんだか誇らしげに笑っていた。

「大丈夫だ」

「セドリックさま」

「大丈夫。私たちは、きっと」

不思議な気持ちだった。セドリックがこうもはっきりと言い切ってくれるだけで、心の奥の不安が解けていくみたいだ。

「だから今は、ちゃんと君を護りきれた私を褒めてくれないか」

そんなことを言われたら、叶えないわけにはいかない。

フィオナは立ち上がり、椅子に座ったままの彼の胸に飛び込んだ。待っていたとばかりに、彼の熱い抱擁が返ってくる。

「やれやれ」

「まったくお熱い夫婦だな」

アランやオズワルドが肩を竦めながら、視線を外してくれるのがわかった。

「最後に君たちを助けたのは私なのだがな。――まあ、いい。これまでのフィオナの恩義に免じて、引いてやるか」

そう言いながら、クラウディオまでもが目を逸らす。

この距離でセドリックとふたり向き合って、我慢することなどできない。はにかみながら、そして微笑みながら目を閉じる。
互いの吐息を感じるほどの距離が、さらに縮まっていく。
唇に触れる優しい体温を感じながら、フィオナは願った。
どうか。
どうかこの人と、いつまでも一緒にいられますように——と。

エピローグ

「え？　それって全然ハネムーンになってないんじゃ」

呆れるような呟きが、ウォルフォード家のタウンハウスに響く。

リンディスタ王国の王都に帰ってきた頃には、すっかりと秋も終わりを告げ、凍える冬の足音が聞こえる時期だった。

この家もすっかりと冬支度が整っている。居間の暖炉の薪が爆ぜる音を聞きながら、素直な言葉を口にしたのは、兄に対して相変わらず容赦のない弟のライナスだ。

少し見ない間にまた身長を伸ばした彼は、すっかり長くなった脚を組みながら大袈裟に肩を竦めてみせる。

「一カ月もこの国を空けておいて、その大半がお国騒動に巻き込まれていたってなにさ。通常業務より大変なことになってない？」

「それを言うな、ライナス――」

セドリックも薄々自覚はあったのだろう。ほとほとくたびれ果てたと言わんばかりに肩を落とす。

リンディスタ王国に帰国してから一週間。向こうで足止めされていたことを、ライナスもさすがに心配してくれていたらしい。学校が休みになるなり早々に、このタウンハウスまで様子を見に来てくれたわけだ。一応、今回の新婚旅行を提案した人間として、責任のようなものを感じていたらしい。

ただし、話を聞いたところで、ライナスも一周回って呆れてしまったようだ。

「まったく――どこへ行っても、面倒な政治に巻き込まれるの、最高に兄さんらしいよね」

「望んで巻き込まれたわけじゃない」

「あー……まあ、向こうとはなんだかんだいい関係築けそうだし、結果オーライなのかなあ？」

ライナスはうーんと考え込んでいる。

ナバラル王国は今も騒動の最中だ。ただ、まもなく収束するというのがセドリックの見解だ。

別れの挨拶に行った際にクラウディオに聞いた話だが、第二王子カリストは王位継承権を剥奪されることになるだろうと言っていた。

王族という立場でありながら、隣国の重鎮の悪評をばらまき、陥れ、その妻を奪おうとしたのはあまりに外聞が悪い。それだけでなく、大事な友好国との関係性に罅をいれようとした。これは重罪だ。

そのような男に国を継がせるわけにはいかない。――というよりも、クラウディオの体調が回復し、その気になったことも大きかったようだ。カリストの出る幕などなくなってしまった。

つまりクラウディオが王太子に選ばれることは、ほぼ確定している。カリストを処罰しても問題ないと判断したらしい。

「でも、義姉さんももったいないことしたよね。王太子妃だよ、王太子妃！　しかも、キレ者と名高いあのクラウディオ殿下の！」

などと、ライナスは興奮しはじめる。クラウディオ本人と面識のないライナスにとっては、物語の中の登場人物のような感覚らしい。目をキラキラと輝かせながら、フィオナに訊ねてくる。

「本当にいいの？　こんな無愛想な兄さんで――って、怖い怖い！　穏やかじゃないね⁉　兄さん⁉」

ずっとクラウディオと張り合っていたせいか、このところセドリックの沸点が低くなっている気がする。というよりも、フィオナに他の男をあてがおうとする類いの冗談を絶対に許さないのだ。目を吊り上げてライナスを睨みつけている。

ただでさえ表情が冷たいと評判の人物なのに、怒った表情をすると背筋がゾッとする。その怒りがフィオナに向けられることはないものの、できるだけセドリックを怒らせる事態は避けようと、フィオナは思うようになった。

「でも、そのクラウディオ殿下も大変だったんだね。国を変えるって、やっぱりなあ――」

ライナスがしみじみと呟いた。

クラウディオ、そしてサウロのことを思い出すと、ちょっとだけ胸が痛む。

結局サウロは、王族に危害を加えた罪で投獄されることとなった。二年もクラウディオの精神を縛る魔法をかけ続けたのだ。しかも、それはクラウディオの命を奪ってしまいかねない危険なものだった。魔法の制御が未熟だったのは言い訳にならない。

本来ならば極刑でもおかしくなかったところを、クラウディオ本人の恩情で免れたのだ。

事件の後、アラン立ち会いのもとでサウロはクラウディオにかけていた魔法を解いた。その際、彼の魔法が本来、人の精神を縛るだけのものでないことを、アランはきちんと教えていた。

気持ちを前向きにさせたり、楽しい気分にさせたり、そういったいい方向に心を動かすこともできることを知り、サウロは再び泣き崩れていた。あの様子であれば、もう自身の魔法を悪用することがないと信じたい。

そもそも、サウロが犯行に至ったのは、西望の民に対するナバラル人たちの差別意識から来るものだった。

サウロは生涯クラウディオに仕えることを望んでいたのに、彼が王太子になるとどうあっても引き剥がされる。サウロだけでなく、クラウディオを慕う使用人たちも皆、今の関係性が保てなくなることを憂うだろうと、サウロの独断でクラウディオの立太子を妨害しようとしたらしい。

つまり、クラウディオを慕っているからこその犯行だった。

(正直、それほどまでに慕っている人の精神を落とす魔法をかけようだなんて、考えつきもしないけれど)

フィオナであれば、たとえ離れることになったとしても、主の出世を祈るだろう。

(でも、きっとそれは、西望の民にしかわからない感覚なのかもしれない)

あの国での西望の民に対する根強い差別意識をこの目で見た。もしフィオナが、差別された当事者であったら、サウロのような選択をしたのかもしれない。

(わからない、でも――)

クラウディオの言葉を思い出す。彼はどこか吹っ切れたような顔をしていた。

『あの不器用な男のためだ。アレが牢から出てくるまでに、アレが私の補佐官になれるような環境を作っておくさ。私の隣には、アレが必要だからな』

そう言いながら、少し困ったように笑っていた。

フィオナは知っている。いつも気怠げで、なにに対してもやる気を見せようとしないクラウディオだが、自分の身内だと認めた相手にはとことん面倒見がいいのだ。

クラウディオの屋敷に西望の民の使用人が多かったのもそのためだろう。自分を慕い、救いを求める人々を放っておけなかった。

若い時には、うまくいかなくて諦めたこともしれない。けれど、クラウディオはこれからもっと成熟する。未来の彼なら、本当に成し遂げてしまうかもしれない。西望の民をはじめとした、様々な人種が自由に生きられる国作りを。

「――私も負けていられないな」

ふと、セドリックが呟いた。

「ああそうだ。あの男には絶対に負けられん」

繰り返すあたり、よほど決意が固いのだろう。

フィオナは肩を竦めた。まったく、セドリックの対抗意識にも困ったものだ。

別れの間際でも、クラウディオはやっぱりフィオナを口説こうとした。もはやセドリックの反応を見て楽しんでいるだけだと思うのだが、セドリック本人は絶対そんな生温いものではないと言い切っている。

もちろん、フィオナにとっての大切な人はセドリックただひとりだ。クラウディオがなんと言ってこようとそこは揺らぐことはないけれども――。

(案外、心配性なのよね)

フィオナは笑った。だから、ぽすっと彼の腕にもたれかかってみる。

「――っ、フィオナ?」

「ふふ」

蜜月と呼ぶには、大変なことが多すぎた。でも、あの地へ行って、本当によかったと思う。

多分、フィオナはなにかが変わった。もちろん、セドリックも。

互いのことをより深く知り合えたし、歩み寄ることもできた。

「そんなに不安がらないでいいですよ、セドリックさま」

セドリックが戸惑うような声をあげる。でも、この反応はきっと図星だ。フィオナはクスクスと
「不安、などと――」

笑いながら、彼の腕に縋りつく。ぎゅうぎゅうと力を入れてみると、セドリックは耳まで真っ赤にしながら黙ってしまった。

「あーあ。やっぱり心配して損した。やってらんないよ、新婚夫婦の相手なんて」

ライナスがわざとらしくため息をつき、おもむろに立ち上がる。

「やっぱこんなところに住めないや。寮生活でよかったよ、ほんと」

大袈裟に肩を竦めてみせながら、居間の出入り口へ向かって歩いていく。

「ま、ふたりとも。束の間のふたりの時間をゆっくり過ごすといいんじゃない？　なんか、放っておいても事件に巻き込まれそうだから、今のうちにさ！」

「おい、ライナス！　不吉なことを言うな！」

「あははは！　ま、家で幸せな分、せいぜい仕事で苦労すれば？」

ヒラヒラと手を振りながら、ライナスは立ち去ってしまう。随分と好き勝手なもの言いではあるものの、セドリックは苦笑いを浮かべるだけ。

「まったく、あいつは」

などと悪態をつきながらも、楽しそうだ。その横顔を見ているだけで、胸がいっぱいになる。

（この人と、ずっと一緒にいたい。これからもずっと――）

大きすぎる問題を前にして、少し足が竦んでいた。でも、フィオナたちはもっと、欲望に忠実でいい。その方がきっと未来は明るい。

「大丈夫ですよ、セドリックさま」

「フィオナ」

「どんな時も、ぴったりとくっついていますから」

今思い返せば、ナバラル王宮での監禁生活はなかなかに充実していたかもしれない。四六時中彼とずーっとくっついていられる機会なんて、さすがにもうないだろうから。

気付くのが少し遅かった。ああいう修羅場でも心の平穏を保てるくらい大きな女になろうと、フィオナはこっそり新しい目標を立てる。

ふんすふんすと鼻息荒く決意すると、セドリックがふっと噴き出した。どうやら意気込みがすっかり顔に出てしまっていたらしい。

「そうだな、私も、君といつだってくっついていたい」

そう言いながら、彼は口づけを落としてくる。額に、頬に、そして唇に。

やがて額をこつんとくっつけ合いながら、熱っぽい視線を向けられた。

（っ、セドリックさまのその目）

見つめられるだけでゾクゾクしてしまいそうな、色気に溢れた目。まだ昼間だというのに、夜の気配が濃くなったような気がする。

「少なくとも、夜はもう、ずっと一緒にいられるだろう？」

耳元で囁かれると、一気に体温が上昇した。

実は、王都に帰ってきてから、フィオナたちはようやく寝室をともにするようになった。だから以前と比べると、そばにいられる時間がぐっと増えたのだ。

ゆっくりではあるけれど、変化していく関係に胸を高鳴らせ、フィオナは目を閉じる。

ドキドキするけれど、この変化が心地いい。

彼と歩む未来に夢膨らませながら、フィオナは彼の温もりを感じていた。

fin.

あとがき

みなさまこんにちは、作者の浅岸久です。

このたびは『離縁予定の捨てられ令嬢ですが、なぜか次期公爵様の溺愛が始まりました2』をお手に取っていただき、ありがとうございます！

作者自身も、まさか続編を書かせていただけるとは思っておらず、嬉しい機会をいただけたことにわくわくソワソワしながら書かせていただきました。


というわけで、二巻です。

ふたりでドキドキ新婚旅行！のはずが、どうしてこんなことになったのでしょうね……。

いや、なにを考えているのかわからない系色男とのフィオナ争奪戦勃発、というのは真っ先に決めていたのですが、想像以上に大きな事件に巻き込まれることになってしまいました。

ちなみに作者は、今回のお話をいただいた当初から、クラウディオの髪型についてずっと悩み続けていたことをご報告します。優柔不断を爆発させ、長髪にするか、襟足長男にするか、三つ編みにするか、どれも捨てがたくてまったく決められず、最終的に担当さまに泣きつきました。（担当さま、その節は本当にありがとうございました！笑）

いや、だって、旭炬《あさひこ》先生にキャラデザをしていただけるのですから。どれも見たい！と思ってしまうのは仕方がないことだと思います。

最終的にゆるっと長髪になったのですが、その時の候補だった三つ編み姿もカリストの方にあてさせていただき、旭炬先生の描かれる三つ編み男子をこの目で見る幸運にありつけました。フィオナやセドリックの美しさはもちろんのこと、今回も素晴らしいイラストの数々を仕上げてくださり、旭炬先生には感謝してもしきれません。本当にありがとうございました！

このお話は、作者の想像以上に大勢の皆さまが制作に関わってくださるようになり、どんどん作品の世界が膨らんでおります。まもなくコミカライズもスタートするとうかがっておりますので、是非、続報をお待ちくださいませ！　そちらもとても素敵に制作いただいております。

最後になりましたが、親身に相談に乗っていただき、丁寧にご対応くださった担当さま方をはじめ、一緒に制作を手がけてくださった出版社の皆さま、ありがとうございました。フィオナとセドリックを取り巻く世界を広げる機会をいただけて、とても嬉しく思っております。

そして、この本をお読みくださった読者の皆さま、本当にありがとうございました！

今後も楽しんでいただけるようなお話をお届けできるよう、頑張ります。

では、またお会いできますように！

浅《あざ》岸《ぎし》久《きゅう》

離縁予定の捨てられ令嬢ですが、
なぜか次期公爵様の溺愛が始まりました２

2024年2月5日　初版第１刷発行

著　者　浅岸久

発行人　菊地修一

発行所　スターツ出版株式会社

〒104-0031　東京都中央区京橋1-3-1　八重洲口大栄ビル７F
TEL 03-6202-0386（出版マーケティンググループ）
TEL 050-5538-5679（書店様向けご注文専用ダイヤル）
https://starts-pub.jp/

印刷所　大日本印刷株式会社

ISBN　978-4-8137-9307-6　C0093　Printed in Japan

[浅岸久先生へのファンレター宛先]
〒104-0031　東京都中央区京橋1-3-1　八重洲口大栄ビル７F
スターツ出版（株）　書籍編集部気付　浅岸久先生

ベリーズ文庫

ベリーズ文庫の異世界ファンタジー人気作

Berry's fantasy ベリーズファンタジー にて

コ×ミ×カ×ラ×イ×ズ×好×評×連×載×中×！

しあわせ食堂の異世界ご飯 ①〜⑥

ぷにちゃん

イラスト　雲屋ゆきお

定価 682 円
(本体 620 円+税 10%)

平凡な日本食でお料理革命!?
皇帝の胃袋がっしり掴みます！

料理が得意な平凡女子が、突然王女・アリアに転生!?　ひょんなことからお料理スキルを生かし、崖っぷちの『しあわせ食堂』のシェフとして働くことに。「何これ、うますぎる！」――アリアが作る日本食は人々の胃袋をがっしり掴み、食堂は瞬く間に行列のできる人気店へ。そこにお忍びで冷酷な皇帝がやってきて、求愛宣言されてしまい…!?

ISBN：978-4-8137-0528-4　※価格、ISBN は 1 巻のものです